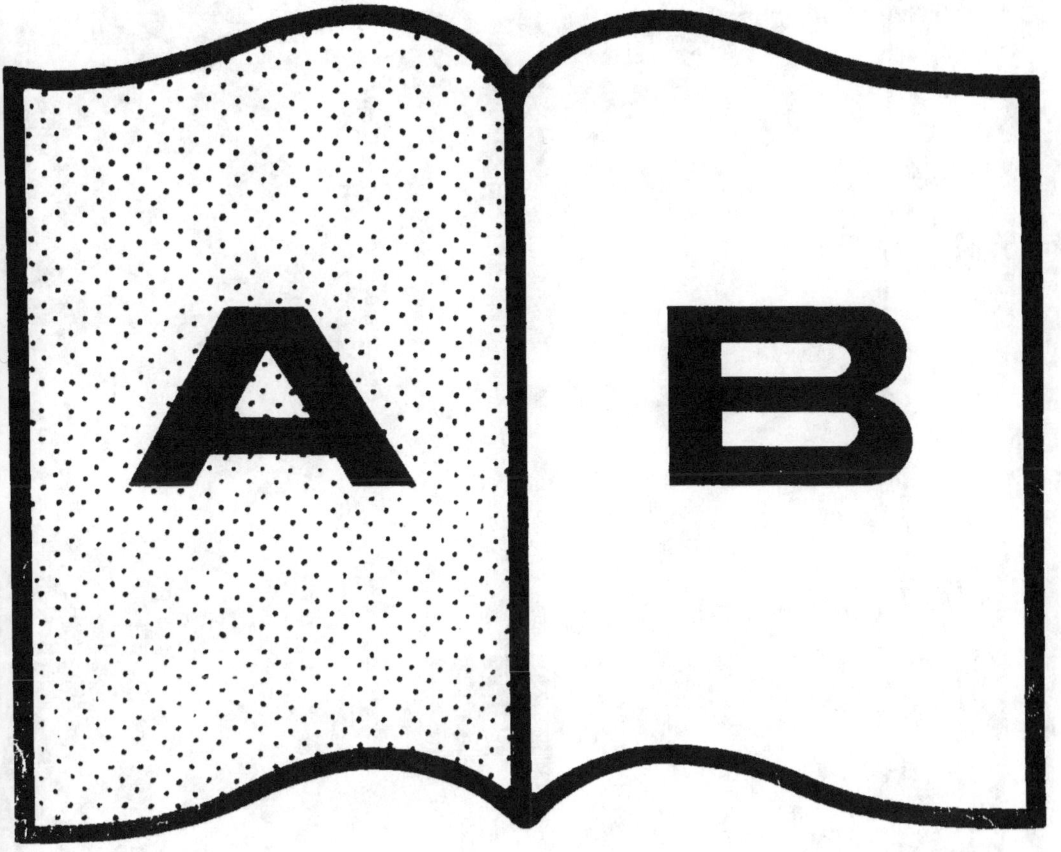

Contraste insuffisant

NF Z 43-120-14

NOUVELLE

BIBLIOTHÈQUE CONTEMPORAINE

ERNEST FEYDEAU

SYLVIE

MICHEL LÉVY

SYLVIE

Y^2

MICHEL LÉVY FRÈRES, ÉDITEURS

OUVRAGES

D'ERNEST FEYDEAU

Format grand in-18

Clichy. — Impr. PAUL DUPONT et Cie, rue du Bac-d'Asnières, 12.

SYLVIE

ÉTUDE

PAR

ERNEST FEYDEAU

Diamond cut diamond.

NOUVELLE ÉDITION
Revue et corrigée par l'Auteur

PARIS

MICHEL LÉVY FRÈRES, ÉDITEURS
RUE AUBER, 3, PLACE DE L'OPÉRA
LIBRAIRIE NOUVELLE
BOULEVARD DES ITALIENS, 15, AU COIN DE LA RUE DE GRAMMONT

1873

A

GEORGE SAND

TÉMOIGNAGE D'ADMIRATION

ERNEST FEYDEAU

SYLVIE

I

Anselme Schanfara était un jeune poëte de vingt-deux ans qui disait n'avoir grand souci de rien dans ce monde. Vingt mille francs de rente lui suffisaient pour vivre, ou plutôt pour porter du linge propre, marcher à peu près de pair avec les boutiquiers, et ne jamais rien écrire contre sa pensée, ainsi que le font journellement une foule de pauvres

diables. Chaque jour, en s'éveillant, il s'éti-
rait les bras dans son lit, puis il se parfumait
de la tête aux pieds, déjeunait de cédrats, de
confitures, de sucre candi, et passait tout son
temps à fumer du tabac levantin dans une
pipe droite à bouquin d'ambre. Quand le
démon des vers le prenait aux cheveux, il
traçait très-péniblement un certain nombre
de petites lignes noires sur des carrés de
papier, puis il faisait cadeau du manuscrit à
son libraire, ne voulant pas confondre ces
deux extrêmes : la *Poésie* et l'*Argent*, et,
les vers une fois imprimés, vite il faisait sem-
blant de les oublier. Mais jamais il n'écrivait
de *nouvelles* ni de *romans*, étant un être trans-
cendental qui méprisait fort la vile prose.

Du reste, il vivait d'une existence farouche.
Il avait loué, rue de l'Ouest, en face la grille
du Luxembourg, un immense atelier de me-
nuisier, et, dans cette pièce de cent pieds

de long sur soixante de large et trente de hauteur, il s'était fait meubler un palais chinois qui n'eût pas été déplacé sur les bords du fleuve Jaune. Des colonnes lisses aux fûts vermillons, reliées au sommet par des treillages de bambous, circulaient autour de la salle, soutenant de grosses poutres tailladées en scie et peintes en vert. Les murs étaient couverts du haut en bas de tuiles dorées, et des images de dragons, modelées en demi-relief, se détachaient sur elles à de réguliers intervalles. Des balustres en bois dur, des portes noires étoilées de clous vermeils, de longs canapés plats, des fauteuils de rotin garnis de satin cerise, des tables en bois de Surate incrusté de nacre occupaient l'œil partout, dans cette chambre bizarre, aux proportions démesurées, qui ressemblait assez, grâce au ton d'or bruni étendu sur ses murs, à quelque grimaçante pagode.

Au milieu, il y avait un massif de plantes des
îles, avec un grand bassin de pierre jaspée
où dansait gaiement un jet d'eau, et des
nattes souples et fines, qu'on eût prises pour
des étoffes, recouvraient le parquet d'un
bout à l'autre. Enfin, tandis que, d'un côté,
une énorme volière à clochetons s'élevait,
comme un pavillon élégant, pleine de perruches et d'oiseaux rares ; de l'autre, sur un
trône à gradins que gardaient deux lions de
porcelaine assis, la tête en l'air et la gueule
ouverte, un Bouddha, colossal et doré, jambes
croisées, avec une tiare pointue et des oreilles
aplaties, se tenait accroupi, la tête penchée
en avant, — idole mystérieuse et souriante,
— sous un dais de velours rouge.

Au plafond flottaient des drapeaux et des
bannières, et de grandes lanternes à châssis
de bambou recouverts de soie, avec des sonnettes et des houppes, descendaient çà et là

accrochées à des cornes d'ivoire. Des para-
sols en paille de riz se déployaient comme
des trophées sur les murs. Des caisses d'or-
chidées pendaient du bord des poutres,
balançant leurs grappes de fleurs ; devant les
treillis des fenêtres, des stores de nankin,
transparents, à dessins vagues, tamisaient les
rayons du jour, et la lumière affaiblie qui se
jouait dans la salle glaçait harmonieusement
les murs dorés et leur donnait un éclat d'or-
fèvrerie, laissant tout le plafond noyé dans
une brûlante pénombre.

Cette pièce fantastique, et d'un goût dou-
teux, toujours chauffée à vingt degrés Réau-
mur, servait à Anselme de salle à manger,
de cabinet d'étude et de chambre à coucher.
Son lit, immense et très-bas, où six personnes
auraient pu dormir côte à côte, s'étalait dans
un angle. La table, chargée de porcelaines
peintes et d'argenterie, disparaissait à demi

derrière un paravent de laque vert. Des bassines de bronze moiré, d'où s'échappait la fumée du bois de santal, reluisaient de loin en loin sur des coffres noirs rehaussés de *grecques* d'argent, et des parfums énervants s'exhalaient des flacons d'émail et des cassolettes. Comme les souffles et les effluves qui flottent partout au printemps, ils accablaient les membres d'une inexprimable lassitude.

II

Anselme passait là toute sa vie. Vêtu d'une belle robe de satin jaune brodée, qui lui cachait les talons, de pantalons bouffants en taffetas rose, le cou nu, chaussé de souliers de drap, il allait et venait lentement, sérieux comme un pontife. Au milieu des monstres de bois, des dragons de faïence, des chimères à queue en volute, aux yeux exorbitants, — étendu sur un large divan, — il rêvait tout le

long du jour. Parfois, en cherchant une rime,
il mettait en mouvement, du bout du doigt,
quelque poussah de porcelaine, et cela l'inté-
ressait de suivre les balancements infinis de
cet objet difforme et bête, à face d'homme.
Parfois aussi, il s'asseyait, les bras croisés,
devant de grands tableaux sans perspective,
où des arbres bleus se tordaient sur un sol
lilas, avec des nuages en rocher dégringolant
sur des pavillons de verdure. Mais ce qui
l'amusait le plus, quand il scandait ses hémi-
stiches, c'était d'écouter frissonner tout le
long des frises les sonnettes à voix argentine.
Alors il lui semblait entendre jaser confusé-
ment ces femmes au maintien grave, dont
les images s'alignaient autour de lui sur les
stores et les écrans de soie blonde. Il leur
donnait la vie par la pensée, et, promenant
ses yeux de leurs pieds disloqués à leurs
joues bouffies, il s'attendait toujours à les

voir agiter subitement leurs éventails de papier peint pour écarter les papillons d'azur qui s'envolaient des fleurs et s'élançaient sur elles.

III

Cependant cette maison, unique dans Paris, où tout était bizarre, fantastique, démesuré, ne satisfaisait qu'à demi les goûts raffinés d'Anselme. Elle était morne comme un grand tombeau thébain, et il l'aurait voulue pleine de bruits et de mouvements, comme une ruche. Mais quelles créatures trouver qui fussent en harmonie avec elle? Après avoir un peu réfléchi, le poëte eut l'idée d'y ras-

sembler d'étranges compagnons. Ceux-là
sauraient certainement le distraire, et ce
n'étaient pas eux, du moins, qui feraient
disparate au milieu de ses monstres et de
ses potiches.

Anselme, s'étant mis en campagne, acheta
un singe et un chien. Le singe était de la
famille des *sapajous-capucins*. Il avait de
longues soies noires sur tout le corps, à
l'exception du tour de la face, des épaules et
de la poitrine que recouvrait un fin duvet de
la couleur des oranges. Une sorte de calotte
sombre s'arrondissait sur son front, son visage
et ses oreilles étaient d'un rose de chair, son
nez s'écrasait convenablement au-dessus de
ses lèvres, et sa belle queue, très-longue,
se recourbait élégamment, comme un panache
sur un chapeau d'uniforme.

Le chien était un caniche tout blanc, de
l'espèce la plus intelligente et la plus com-

mune. Il avait le poil frisotté, les pattes fortes,
les oreilles charnues. Anselme le fit raser dès
le premier jour, et l'animal se prêta très-
bien au caprice de son maître. Il eut assez
bon air, avec sa peau toute nue, ses grosses
moustaches, son toupet planté sur le front,
sa queue illustrée d'un pompon, et ses manchettes qui s'enroulaient galamment autour
de ses pattes et remontaient sur ses reins
trapus, en façon de guirlandes.

Quand il eut installé ces commensaux dans
son logis, Anselme éprouva une satisfaction
extraordinaire. Depuis longtemps déjà, il
causait avec ses perruches ; il se lia d'une
amitié très-étroite avec son singe et son
chien. Chaque jour, il jouait avec eux ; puis
il leur adressait des discours paternels, bien
rhythmés et fort sensés, que les deux bêtes
écoutaient avec une attention touchante. A
table, ils se retrouvaient côte à côte, le ca-

niche assis gravement sur un tabouret, auprès
de son maître, et le sapajou accroupi sur la
nappe, dans un plat céladon, comme s'il eût
été rôti et servi pour être mangé. La nuit
enfin, ils dormaient tous les trois ensemble,
Anselme sur ses oreillers et ses amis sur
ses pieds. Jamais, depuis que le monde existe
et que les hommes se détestent, on ne vit
sous le ciel trois créatures mieux unies que
ce poëte et ces deux animaux. Il est vrai
qu'ils n'avaient aucun motif raisonnable pour
se haïr, étant simples de cœur et, par con-
séquent, sans envie.

IV

Il ne faudrait pas croire cependant qu'Anselme fût un ange, ni même un homme parfait, comme on en voit dans les romans. Son caractère était fort entier, son humeur irascible. Il abhorrait, dans l'art comme dans la vie, le *bourgeois*, le commun, le *poncif*, le convenu. L'*utile* surtout lui semblait haissable! Un beau vers lui paraissait très-supérieur à une bonne action. Il estimait un peu

plus son imprimeur qu'un ministre. Enfin il
n'était pas du tout philanthrope, et, pour
rien au monde, il n'aurait voulu modifier
l'ordre de la nature et de la société, affir-
mant que tout ce qu'il voyait autour de lui
était très-ingénieusement disposé et fort curieux, et que celui qui se permettait de
déranger une araignée filant sa toile ou
d'écraser un limaçon méritait d'aller aux
galères.

De politique, il ne s'occupait pas plus que
de la lune, et même il s'en occupait moins,
car la lune, sous forme de nacelle, de faucille
et de disque d'argent, revenait souvent dans
ses métaphores. En religion, il avait été
d'abord d'opinion mixte, hésitant entre le
bouddhisme et le brahmanisme ; puis, par
caprice, il s'était fait ultramontain ; mais
depuis qu'il avait vu l'ultramontanisme dé-
fendu par des philosophes soi-disant libéraux,

il l'avait planté là tout net pour adopter la
doctrine de Jupiter. Il ne goûtait, dans la critique de ses livres, que les insultes, les invec-
tives, les personnalités, les fausses citations,
les dénonciations, les accusations de plagiat,
le tout en langage des halles, disant orgueilleu-
sement qu'il appartenait au seul génie d'être
traité de haut en bas par les pleutres. Il ne
reconnaissait enfin qu'un principe de morale :
Obéis à tes passions, et il se conduisait en
conséquence, étant un homme loyal et très-
sérieux, malgré son costume excentrique.

Chaque chose a son côté faible. Esprit original, Anselme s'était laissé glisser peu à peu
sur la pente bien savonnée de la bizarrerie,
en s'abandonnant à l'exagération, qui jouait
dans sa vie le rôle du traineau dans les *mon-
tagnes russes*. Enfant, il avait adoré le beau ;
adolescent, il aima le rare ; homme, il se pas-
sionna pour l'impossible. Tout ce qui était

simple, en peu de temps, lui déplut. De peur
de ressembler à M. Prudhomme, cette bête
noire des gens de lettres, il se fit une théorie
de l'extravagance. Peut-être n'alla-t-il pas
tout à fait aussi loin, en cela, qu'un certain
nombre de ses amis, mais il ne s'en fallut pas
de beaucoup. Bientôt il repoussa tout ce qui
était accepté par la foule ; en haine des jugements *tout faits,* surtout en haine de l'école
hypocrite dite du *bon sens*, il répudia le bon
sens lui-même et tous les jugements du public, et les réputations littéraires les mieux
consacrées par le temps furent précisément
celles qu'il attaquait avec la verve la plus
sincère.

C'était surtout quand le hasard l'égarait
dans la société de braves gens inoffensifs et
curieux de lui, tels que notaires, vaudevil-
listes, membres de l'Institut, chanteurs de
salon, médecins homœopathes, mères de

famille hors d'âge, qu'Anselme lâchait le
plus volontiers la bride à ses fantaisies tru-
culentes. Il tirait alors très-sérieusement,
devant son public mal à l'aise, de véritables
feux d'artifice où l'esprit ne manquait pas,
mais trop souvent la mesure. Parlait-on de
Raphaël, il citait je ne sais quel peintre inconnu, mort à l'hôpital de Quimper-Coren-
tin, et qui n'avait jamais rien fait qu'un
album de charges. De Molière, il disait n'aimer que les *farces*, et *M. de Pourceaugnac*,
selon lui, était bien au-dessus du *Tartufe!*
Cervantes lui plaisait médiocrement, s'étant
permis de railler la chevalerie, chose émi-
nemment pharamineuse! Quant à lord Byron,
il le qualifiait de *bourgeois,* à cause de sa
haine pour le despotisme, et Montaigne était,
pour lui, un vieux pédant qui écrivait mal.
Ne prétendait-il pas que Shakspeare — à qui
du reste il daignait accorder quelque génie—

avait été *inventé* par la critique! Semblable à
ces gourmets blasés qui ne peuvent plus vivre
que de truffes, de caviar et de poivre rouge,
Anselme préférait la Chine à la France, la
bohème à la société, les meurtriers aux filous,
les bossus aux gens bien faits, le haschisch à
la limonade, le Sahara au bois de Boulogne,
Torquemada à Fénelon, le soleil à la lune, le
tétanos à la colique, la musique des Algon-
quins aux opéras de Rossini, et ces femmes
qui trafiquent de leur beauté aux angéli-
ques jeunes filles. Ses lectures favorites, ou
plutôt les seules qu'il pût supporter, étaient,
avec quelques pages du prophète Isaïe, ces
effrayants poëmes de l'Inde dont les vers
se comptent par millions, et qui sont tout
hérissés de mots barbares. Le *Mahâbhârata*
surtout le ravissait! Il le lisait en sanscrit,
comme un fakir, accroupi sur son divan,
dans sa robe de mandarin, et il le déclamait

à pleine voix, en se tordant la bouche et mar-
quant le rhythme avec son grand bras, comme
un chef d'orchestre. Et quand on lui demandait s'il était un poëte utilitaire ou un moraliste, il se dressait sur les deux pieds, et d'un
air furieux :

— Je suis lyrique et quintessencié !
s'écriait-il.

On n'avait donc qu'à renverser les opi-
nions de la foule pour connaître celles d'Anselme. Il accusait Louis XIV de parcimonie,
Joseph de Maistre de tolérance, les juifs de
désintéressement, et Robespierre de mansué-
tude. *L'excès en tout!* telle était sa devise.
Et, comme tout se tient dans le capharnaüm
de l'esprit humain, l'étrangeté de sa doctrine
passa bien vite dans ses habitudes. Non content de vivre avec des bêtes, dans un magasin
de chinoiseries, de se nourrir de confitures et
de s'habiller en Mantchou, volontiers, si on

l'en eût défié, il se serait accroché un an-
neau d'or au bout du nez, pour se promener
sur les mains, la tête en bas et les jambes en
l'air, à la façon des clowns. Son encrier était
un crapaud en bronze, moulé sur le vif ; sa
plume avait deux pieds de long et prove-
nait de l'aile d'un condor. Mais là ne s'arrê-
taient pas les excentricités d'Anselme. Il en-
viait Nabuchodonosor, qui, sur son trône, ne
remuait que les yeux, par majesté, et Salomon, qui avait trois cents femmes et sept
cents concubines. Enfin, lui qui avait, sans
s'en douter, toutes les vertus domestiques,
qui n'aurait pas fait tort d'un denier au Trésor
public, qui passait des nuits à soigner son
singe malade, qui écrivait à son père religieusement tous les mois, malgré sa sainte horreur pour le style épistolaire, il ne parlait
rien moins que d'exterminer les jolis petits
auteurs de romans vertueux, qu'il appelait

des *Philistins*, de leur crever les yeux, de
leur dévider les entrailles autour d'un bâton,
de leur couler du plomb fondu dans les narines.
La loi, l'institution de la garde nationale, les
impôts sur les chiens, le mariage, les brochures politiques, les embellissements de Paris,
le nettoyage des tableaux du Louvre, les trans
plantations d'arbres, le grattage des maisons,
la refonte de la monnaie de billon, l'augmentation des loyers, l'opposition à l'Académie,
la morale dans l'art, la crinoline, les chroni-
ques scandaleuses et les *sous-entendus* des
journaux, les comédies qui corrigent les
mœurs en badinant, il enveloppait tout cela
dans une réprobation commune. Je dois
avouer néanmoins que sa haine pour les
choses acceptées s'arrêtait à la grammaire.
Il ne faut pas lui en vouloir. Les grands
hommes ont tous, plus ou moins, leurs côtés
inférieurs.

2

Anselme, comme on le voit, descendait en droite ligne des *jeune-France* de 1830, ces bons enfants qui portaient des dagues dans leur poche, s'habillaient de gilets taillés en pourpoint, cachaient leur linge et s'exerçaient à se façonner des têtes *moyen âge*, le tout *pour faire aboyer les bourgeois*. Comme eux, il détestait la campagne, les arbres verts, le gazon, le murmure des ruisseaux, le ramage des oiseaux ; comme eux, il adorait les brimborions du bric-à-brac et souhaitait des maîtresses au teint vert ; comme eux, enfin, il se moquait spirituellement de lui-même et tristement de son art, disant que les acrobates étaient bien supérieurs aux poëtes ; mais il n'allait pas plus loin. Au fond, il méprisait Pétrus Borel, le lycanthrope, qui rêvait l'*existence de chamelier au désert, de muletier andalou, d'Otahitien*, qui s'était fait *républicain, parce qu'il ne pouvait être Caraïbe*, et pour

qui *l'amour était de la haine, des gémisse-
ments, des cris, de la honte, du deuil, du fer,
des larmes, du sang, des cadavres, des osse-
ments, des remords !* Anselme avait, dans un
recoin de son esprit, une faible lueur de jugement qui lui montrait l'inanité absolue de
cette doctrine de *queue-rouge*, et peut-être, à
l'inverse des bohémiens du romantisme qui
s'étaient faits violents à une époque où personne en France ne voulait demeurer tranquille, Anselme n'affectait-il l'incohérence et
la déraison que pour réagir contre les jeunes
gens raisonnables et soucieux de 1858 ? Le
fait est qu'il ne les estimait guère plus que des
mannequins à ressorts.

Cependant, malgré ses excentricités, Anselme ne ressemblait pas à ces *poètes crot-
tés*, comme on en voit tant, qui réservent
l'élégance, le soin et la propreté pour leur
style, et dont la personne, plus que négligée,

est un abominable anachronisme. Il était grand, bien fait, nerveux, basané, net comme une pièce de vingt francs récemment frappée, avec des yeux bleus à rayons brisés, sombres et tristes. Il avait le nez aquilin, les cheveux châtains, la barbe fine et molle comme celle des Orientaux, les dents blanches comme l'amande, les pieds secs et les mains superbes.

Un vieux domestique, bouffi comme l'Amour et fané comme une actrice à son réveil, le servait, comprenant peu de chose à son caractère. Le drôle, au fond, méprisait son maître et le croyait à moitié fou, ne lui voyant rien faire comme les autres. Il le déconsidérait dans son quartier, racontait des choses monstrueuses sur son compte, et l'accusait d'adorer secrètement un bon Dieu en or, assis les jambes croisées sur un tabouret, comme un tailleur. Anselme, il est vrai, abu-

sait un peu de la naïveté de son serviteur. Il
lui avait ôté son prénom d'Anatole pour lui
donner celui d'Anaxagoras, en souvenir de
l'ami de Périclès, et il lui faisait, pour se distraire, l'éternelle plaisanterie de lui prêter
toutes les actions du philosophe de Clazo-
mènes.

C'est ainsi qu'en plein xix⁰ siècle, au cœur
de Paris, la ville des lumières, des bonnes
mœurs et du bon ton, un homme avait trouvé
le moyen de se distinguer violemment des
autres hommes ; ne fréquentant ni les salons,
ni les théâtres, ni les cabarets ; se promenant
à l'écart et très-rarement, par des nuits sans
lune, quand il pouvait se croire seul au bord
du fleuve fangeux qui reflétait dans ses eaux
cent mille becs de gaz, et que toutes les lai-
deurs des rues et des maisons s'estompaient
dans les fantasmagories du clair-obscur. Un
peu sombre, comme les gens qui ont beau-

2.

coup cherché et très-peu trouvé, sarcastique
comme tous les êtres passionnés et meurtris
par l'indifférence, affreusement timide et ado-
rant secrètement l'amour tout en s'en moquant
avec ses amis et le reléguant au rang des chimères, il avait fini par prendre son parti de
tout et de lui-même, et il vivait doucement,
tranquillement, à sa manière, d'une existence
solitaire et sauvage, dans son coin, en vrai
Chinois.

V

Un jour, et ce jour-là on était au com-
mencement du mois de novembre, Anselme,
depuis longtemps sans maîtresse, s'ennuyait
tout seul, regrettant que la vie fût si courte.
Allongé sur un large divan, il rêvait à je ne
sais quelle femme idéale, bête à manger de la
paille, mais belle à étonner Phidias. Comme
son rêve s'accentuait assez mal dans son esprit, il poussa un profond soupir, puis il se
mit à relire, pour la centième fois peut-être,

le Ramayana de Valmiki, et il arriva bientôt au 14ᵉ *Çloka* du 9ᵉ *Sarga*, où commence la tentation de *Richyaçringa, le grandiose as- cète*, par les courtisanes, à ces mots :

« Le mouvement de leurs yeux, de leurs » sourcils, leurs mains qui ressemblent à des » fleurs de nymphéas, élaborent ces gestes » qui redoublent chez l'homme l'épanouisse- » ment du plaisir.

» De leurs habits qui ondoient à l'air et » des minces ornements de leurs bracelets, » elles se portent mutuellement des coups, » éblouissantes par leur mobilité même.

» Belles de guirlandes odorantes et de » poudres aux douces exhalaisons, elles se » dispersent de toutes parts, remuantes et » badines, ces rares beautés. »

Son domestique entra dans la chambre avec une mine renfrognée, portant une lettre sur un plateau de laque noir.

Anselme posa sur le divan son livre imprimé en rouge sur peau de velin et relié en soie bleu de ciel.

— Que veux-tu? fils d'Hégésibulus! lui dit-il.

Anaxagoras tendit le bras sans dire un mot et Anselme prit la lettre. Toujours renversé sur le dos, il déchira l'enveloppe autour du cachet, et, pendant que son domestique s'en allait d'un air majestueux, il lut ces quatre lignes écrites à l'encre bleue sur un morceau de papier anglais satiné, de l'épaisseur d'une carte :

» *Demain mardi, à midi, une femme que*
» *vous ne connaissez pas se présentera chez*
» *vous. Elle se fie à votre discrétion, et ce*
» *n'est pas une curiosité banale qui la pousse.*
» *Facilitez-lui le moyen de vous approcher*
» *sans danger, en éloignant vos domestiques*

» *de votre maison, et déchirez ce billet, si*
» *vous voulez lui donner une preuve de dé-*
» *licatesse.* »

Pas de signature. Anselme se leva d'un
soubresaut, et, assis au bord du divan, les
coudes sur les genoux, il retourna plusieurs
fois la lettre qui sentait l'ambre. Pas d'armes.
Pas de chiffre. L'écriture était celle d'une
femme, et le cachet de cire verte avec ce
mot : *Outis.*

— *Personne,* dit Anselme qui savait le
grec. Je suis sûr que c'est une douairière
ou une drôlesse mal renseignée qui me
prend pour un capitaliste. Les poètes, aujourd'hui, n'occupent guère les femmes. Ah !
bah ! n'y pensons plus !

Et, se recouchant sur son divan, Anselme
déchira la lettre et reprit son livre.

Mais le lendemain, après avoir déjeuné de

gâteaux de miel, de prunes noires de Syrie,
d'un poulet au musc et d'un pot de confitures
de gingembre, arrosé de vin de Schiraz, Anselme donna un grand coup de marteau sur
un gong pour appeler son domestique et lui
dit, pendant que le singe dansait, dans un
accès de gaieté folle, au grand ébahissement
du caniche :

— Anaxagoras, je remarque depuis quelque temps que tu jaunis. Les abstractions
te feront perdre la tête. Va te promener au
bois de Boulogne, marche vite, et ne rentre
qu'à cinq heures.

Anaxagoras, habitué aux façons d'agir de
son maître, s'en alla sans dire un mot, non
pas au bois de Boulogne, mais au cabaret
voisin, et Anselme demeura seul.

Le poète, comme on le pense bien, n'a-
vait pas de pendule. Un *bâton d'encens* de
deux pieds de long, composé de sciure de

bois et de glu brûlant par un bout, et portant des encoches à distances égales, lui donnait, tant bien que mal, la mesure du temps.
Quand le feu atteignit le petit cran qui marquait midi, sa sonnette retentit, et il éprouva
une émotion soudaine. Il se leva, jeta un
coup d'œil rapide autour de lui, puis il alla
ouvrir en se disant : « J'aimerais mieux que
ce fût une drôlesse, mais j'ai bien peur que
ce soit une vieille femme. »

Il ouvrit la porte, et alors il vit devant
lui une grande personne enveloppée jusqu'aux pieds d'une mante de velours noir,
avec un voile épais sur le visage, et deux
grands yeux qui brillaient comme des escar-
boucles.

Il s'inclina gravement, rougit un peu, lui
prit la main par le bout des doigts et la fit
entrer. Les oiseaux chantaient à corps perdu
dans la volière, le jet d'eau clapotait dans la

vasque de pierre jaspée, le singe, enchaîné au pied de sa niche, se balançait avec un air malicieux, et le chien flairait l'inconnue, en chien bien dressé qui tient à s'assurer du caractère des personnes.

L'inconnue marchait lentement, regardait Anselme et ne disait rien. Le poëte la fit asseoir sur le divan, la salua de nouveau, cérémonieusement, puis, sans parler, il souleva son voile du bout des doigts. Il faisait une petite moue de méfiance en découvrant ainsi le visage de cette femme. Mais quand il eut rejeté son voile sur la passe de son chapeau, il lui prit un subit éblouissement. Jamais il n'avait vu de tête plus extraordinaire... et plus belle!

Il recula de deux pas pour mieux la voir et, dégrafant sa mante, elle se laissa regarder. Elle avait un noble front, admirablement modelé, un peu renflé en avant, vers les tempes;

3

un nez grec, très-pur de galbe, relié à de fins sourcils arrondis comme des arcs; une bouche vermeille dont les lèvres charnues, exactement unies, se plissaient en remontant aux commissures; de grands yeux verts un peu bridés par un étrange sourire; des paupières très-longues qui jetaient de fines touches d'ombre sur les pommettes de ses joues; un menton petit, rond et poli comme une bille; et, sur tout le visage, je ne sais quel air souverain de quiétude et de mystère, une expression de dédain et de force, un mélange sans nom de ruse et de bonté.

Ses cheveux châtains, légèrement crêpelés, descendaient comme un réseau transparent sur les côtés de ses joues pleines. Son teint mat avait la douceur de la soie. C'était un teint basané, suavement mélangé de rose. Homère eût comparé son cou à une tour, et le sommet de sa poitrine s'arrondissait ma-

gistralement, poussant la claire chemisette
tendue en travers, d'une épaule à l'autre, et
garnissant de ses plis blancs le haut de son
corsage noir.

Cependant, tandis qu'elle promenait ses
yeux surpris du Bouddha trônant sur l'estrade
à la volière, elle respirait les odeurs pénétrantes qui s'exhalaient des fleurs et des cassolettes, et Anselme ravi la regardait toujours.
Soudain, elle reporta les yeux sur lui qui
avait l'air d'un jeune mandarin, avec ses pantalons de taffetas et sa robe jaune, et, souriant
encore, elle dénoua les rubans de son chapeau, posa son chapeau près d'elle, puis,
d'un seul mouvement de tête, elle fit ruisseler
sur ses épaules ses cheveux châtains à reflets d'or. Les mains croisées l'une sur l'autre,
elle resta là, silencieuse et imposante. Elle
avait quelque chose d'oriental dans la couleur de son visage, et son attitude était

calme, comme il convient à toute femme qui
connaît son prix.

Anselme, déjà intimidé, traîna un tabouret
en face d'elle. Sa mise était simple et rehaus-
sait merveilleusement sa beauté. Une robe
de cachemire noir marquait les contours de
sa poitrine, rigoureusement serrée à la taille
par une ceinture mince à boucle d'argent ; sa
jupe collait sur ses hanches, s'aplatissait
sur ses genoux, et s'étalait enfin, négligem-
ment, sur ses pieds chaussés de bottines.
Tout son corps se moulait ainsi sous l'étoffe,
avec ses jambes pudiquement repliées comme
le marbre des statues grecques sous les
draperies élégantes : un bandeau de den-
telle noire s'alignait avec ses cheveux sur
son front et retombait gracieusement sur le
sommet de ses épaules. Comme ses gants la
gênaient un peu, elle les ôta, et Anselme vit
alors qu'elle avait des mains aux doigts

longs, de ces mains inventées par Raphaël.

Le singe, qui n'avait pas quitté des yeux l'inconnue, commençait à s'agiter, en tirant sa chaine, jaloux du chien qui s'était couché en rond à ses pieds. Mais elle ne s'occupait guère des deux bêtes. On eût dit qu'en venant dans cette maison, elle s'était attendue à trouver quelque chose de moins insensé. Le logement aux murs éblouissants l'inquiétait autant que le poète. Mais elle regardait surtout le poète, avec une surprise railleuse, en faisant glisser ses yeux verts sous ses paupières abaissées. Anselme finit par tourner la tête, tant le regard moqueur de cette femme le troublait. Cependant, il lui prit la main. Sa main était tiède, satinée, embaumée. Il la baisa, ne sachant que dire. Elle le laissa faire.

Enfin, prenant un grand air de noblesse :

— C'est une étrange chose, lui dit-il, que

la puissance de la beauté. Je ne sais qui me
vaut, madame, l'honneur de votre visite. Je
ne vous ai jamais vue, je ne connais même pas
votre nom, et me voici cependant plus ému
devant vous qu'un enfant en faute devant son
père. Cela vient, probablement, de la sérénité
étendue sur votre visage. Le croyez-vous ?

— Je ne sais.

Tout en écoutant sa voix musicale qui, pour
prononcer ces trois mots, avait pris un timbre
de flûte, Anselme se disait à part lui :

« Qu'est-ce que cette femme ? Les reines
n'ont plus cet air de majesté. » Il était bien loin
déjà de son désir de trouver en elle une drôlesse. Il reprit d'un ton doux :

— M'aviez-vous jamais aperçu, madame,
jusqu'ici ?

— Jamais.

— Vous avait-on parlé de moi ?

— Non.

— Qui vous a donné mon adresse?

— Votre libraire.

— Ah! ah! le bonhomme a de l'esprit. Je lui en sais gré.

Ici elle sourit délicieusement en écartant les lèvres.

— Me permettrez-vous de vous demander pour quel motif vous avez désiré me voir? dit Anselme d'un air caressant.

— Pour vous voir.

Le poëte, à ce mot, rayonna. Il leva la tête, et, croyant enfin l'embarrasser :

— Comment me trouvez-vous, madame?

Elle sourit encore :

— Fort gentil.

Anselme comprit aussitôt qu'il n'était pas de force pour lutter avec elle. Il alla s'asseoir sur le divan, et, se tenant auprès d'elle, il reprit sa main et la caressa machinalement. Alors elle le regarda jusqu'au fond de l'âme, sans colère, mais avec cet œil de sirène qui semblait dire : Méfie-toi ! Anselme se sentit pâlir.

— Je ne connais rien de vous qu'un recueil de sonnets, lui dit-elle. Il m'a semblé, en le lisant, que vous deviez avoir un bon cœur. C'est pourquoi je suis ici.

Le poëte était interdit par ce naturel. Qui ne l'eût été à sa place ? Dans ce siècle de prose, ce n'est plus de cette façon simple et hardie que s'engagent les intrigues d'amour. Les courtisanes guettent les chalands au théâtre, à la promenade ; les jeunes filles se contentent de rêver chez leur mère à l'épouseur qui réalisera leur idéal de confortable ou de luxe en leur donnant la liberté ; les femmes du monde choisissent philosophiquement dans le cercle restreint qui tourne autour d'elles, — non pas l'homme qui leur plaît le plus, — mais celui qui leur promet la liaison la plus secrète et la

plus commode, et elles forment ainsi des liens
chétifs qui se nouent par la convenance,
comme le mariage, et se dénouent, comme
lui, par la fatigue et le regret. Pourquoi donc
celle-ci, à l'encontre des autres, s'était-elle
bravement dérangée pour poursuivre dans sa
retraite l'homme qui lui avait fait éprouver
une sensation ? Anselme se demandait cela en
s'irritant de l'allusion que l'inconnue avait
faite à son cœur. Il eût certes mieux aimé
qu'on lui parlât de son style ! Aussi ne répondit-il rien d'abord, puis, quand il se mit à
parler, — en véritable enfant qu'il était, —
enfourcha-t-il son *dada* d'excentricité pour
cacher son dépit, et son trouble surtout qui
ne faisait que grandir.

— Ce qui m'enchante, madame, dans votre
visite, c'est qu'elle est absolument imprévue.
Je vous dirai que j'ai horreur du vulgaire. Je
fuis ce que tout le monde cherche. C'est au

3.

point que je ne lèverais pas le petit doigt pour
quadrupler ma fortune, recevoir le bâton de
maréchal ou épouser la fille du sultan. L'en-
lever me satisferait à peine. Au surplus, l'idée
du bonheur change avec les hommes. Moi,
pour être parfaitement heureux, je voudrais
simplement habiter la lune, tout seul, avec
un paon qui pousserait son cri désespéré
dans mes oreilles, et, si la lune n'est pas
habitable, je me contenterais de devenir invisible pendant huit jours. Et vous?

L'inconnue se mit encore à sourire, et Anselme, prenant son silence pour une appro-
bation, continua de plus belle. Il était si enchanté de son aventure, qu'il en perdait la
conscience du sens commun, et ce fait, chez
un homme excessif comme lui, n'était point
extraordinaire. Ne sachant que lui dire, car les
émotions vraies rendent timides les plus har-
dis,—et il était d'ailleurs trop plastique pour

être sensuel, — il voulut étonner cette femme
qui lui imposait, sans qu'il sût pourquoi, et
alors il tira de son répertoire les paradoxes les
plus extravagants, les propositions les plus
saugrenues, les théories les plus subversives.
Le mariage, nécessairement, ne fut pas épar-
gné dans son éloquente tirade. Il trouva même,
pour le railler, des séries d'épithètes toutes
nouvelles qui hurlaient de se voir accouplées,
et il s'étonna de la facilité merveilleuse qui le
servait si bien ce jour-là, en exprimant les
ennuis que doivent éprouver deux êtres con-
damnés par la loi à vivre ensemble. Mais, tout
en s'en donnant à cœur joie et brodant de
pittoresques variations sur son thème habituel, Anselme eut assez de présence d'esprit
pour respecter l'amour, ce qu'il n'aurait certes
pas fait si, au lieu de parler à une jolie femme
de vingt-cinq ans, il eût péroré devant ses
amis. Alors, comme ces mauvais garnements

qui lancent des pierres par-dessus les murs
des jardins, à travers les arbres à fruits, pour
se venger de ne pouvoir piller leur récolte,
Anselme n'eût pas manqué de vilipender la
passion qu'il aimait, pour se consoler sans
doute de ne la faire partager à personne. L'inconnue, cependant, écoutait le poëte en femme
qu'on ne dupe point aisément. Chacune de
ses excentricités lui révélait un côté de son
caractère, et si bien, qu'elle n'avait plus rien
à apprendre sur son compte quand il se tut.
Aussi ne répondit-elle pas un mot aux extra-
vagances qu'il venait de lui débiter. Mais,
comme si elle eût voulu lui montrer qu'elle
les tenait pour nulles et non avenues, elle
tourna lentement la tête, puis, ajoutant un
conseil détourné à sa leçon, elle tira sa montre
de sa ceinture :

— Nous n'avons plus qu'une heure à
nous, murmura-t-elle.

Pour le coup, Anselme eut honte de sa gaucherie. Il comprit enfin que cette charmante femme n'était pas venue là pour assister à ses exercices d'équilibriste et, s'enhardissant, il commença à la regarder d'un œil de feu où brillait le désir. Mais elle ne rougissait ni ne pâlissait. Elle restait calme, sereine, dans une quiétude parfaite, comme si le sentiment de sa supériorité lui eût suffi pour se défendre. Alors, glissant lentement son bras autour de sa taille ronde, Anselme se pencha vers elle et approcha ses lèvres de sa joue pour la baiser.

En ce moment, le singe, qui jusque-là s'était contenté de donner des signes d'impatience, entra dans une grande fureur :

— Houak! houak! — cria-t-il, et il fit trois culbutes en l'air.

— Qu'est-ce que cet animal? dit l'inconnue, et, pour la seconde fois, elle promena

ses yeux autour d'elle et sourit vaguement
des étranges choses qu'elle voyait.

— C'est un singe, dit Anselme, qui me
tient compagnie, avec mon chien, quand je
suis seul.

Et, s'adressant au sapajou :

— Polémon ! à la niche ! ou je vais te casser les reins !

— Ti, ti, ti, ti, ti, ti, fit le singe.

— Vous l'avez appelé Polémon ? dit la dame.

— Oui. C'est le nom d'un philosophe grec
qui était fort enclin à l'ivrognerie.

L'étrangère ne répondit rien, et Anselme,
de plus en plus caressant, passa de nouveau
son bras autour de sa taille. Elle ne chercha
pas à le repousser, mais, cette fois, elle fronça
les sourcils, légèrement. Cependant, comme
Anselme approchait ses lèvres de sa bouche,
elle le retint, en appuyant sa main nue sur
son épaule et disant :

— Que voulez-vous faire ?

— Je veux simplement vous aimer.

— Et ne pouvez-vous m'aimer sans m'embrasser ?

— Hélas ! c'est bien difficile !

Sur ce mot elle prit un air encore plus sérieux, et dit :

— Je dois cependant vous imposer une condition...

— Laquelle ?

— Jurez que vous ne chercherez jamais à me revoir.

Anselme haussa les épaules, tout en s'approchant encore, puis il jura. Elle sourit alors, avec une expression de triomphe. Le poète se sentait si heureux qu'il aurait promis d'aller ramasser dans les champs du ciel un boisseau d'étoiles.

VI

Cependant l'inconnue s'était levée et, se promenant par la salle, admirait les moindres objets avec un petit air connaisseur. Anselme l'accompagnait, et l'on entendait bruire ensemble sur les nattes leurs robes étoffées à queues traînantes. De nouvelles pensées entraient dans l'âme du poète. Cette femme, qui venait de se jeter ainsi à travers son existence, debout et marchant, était plus sé-

duisante encore. Elle avait des façons de
parler, de regarder, de se mouvoir, d'une
tranquillité extraordinaire. Anselme compa-
rait sa taille majestueuse à celle des nymphes,
qu'il ne connaissait que par ouï-dire, et sa
démarche le faisait rêver à celle des déesses,
quand elles s'avancent sur les nuages pour
se ranger en silence autour du maître des
dieux. Lorsqu'elle s'arrêtait en parlant, son
buste se renversait en arrière et mettait en
relief les rondeurs graves de son sein. On eût
dit alors une de ces reines gothiques qui se
détachent sur les fonds d'or des manuscrits à
miniatures. Mais quand son sourire jouait
sur ses lèvres, il donnait à tout son visage
une expression de profondeur et de volupté
qui ne pouvait être comparée à rien de
connu.

Anselme eut regret de son serment. Tout en
suivant la dame qui agaçait du doigt les

perruches, il cherchait le moyen de le reprendre. A mesure qu'il s'habituait à la voir, sa
hardiesse d'emprunt l'abandonnait. Lui qui
faisait si bien le sceptique devant ses amis,
qui bafouait l'amour et refusait aux femmes
toute supériorité intellectuelle, il se sentait de
plus en plus gauche, absurde, dominé, et il
subissait une influence irritante et mystérieuse
qui le rapetissait à ses propres yeux. Cependant, tandis qu'il essayait de réagir contre le
charme, l'inconnue restait parfaitement maîtresse d'elle-même. Elle voyait bien sans
doute à quel point elle le fascinait.

Anselme demeura quelque temps rêveur,
puis tous ses traits s'assombrirent.

— Qu'avez-vous donc? dit-elle en lui dé-
cochant un regard par-dessus son épaule.

— Je suis horriblement malheureux, répondit Anselme. Avant de vous connaître,
je formais des désirs vagues, ou plutôt je ne

pensais à rien du tout. Maintenant, c'est fini. Je ne pourrai plus travailler.

Elle l'interrompit en riant :

— Voilà bien l'égoïsme des poëtes !

— Eh ! fit-il, du ton d'un enfant boudeur, l'art représente la vie pour moi, et ma vie, je la perds en vous perdant !

Puis il ajouta froidement :

— Vous êtes cruelle !

— Est-ce ainsi que vous me récompensez ? dit-elle, avec un grand air de hauteur.

— Pardon ! fit-il en pliant le genou, car aucun de ses amis n'était là pour le surprendre ; et, revenant au naturel, stimulé par son intérêt :

— Je suis sans doute haïssable, lui dit-il, mais je sens déjà que je vous aime. Ne me condamnez pas à végéter, comme je l'ai fait jusqu'ici, d'une existence...

— Orgueilleuse, interrompit-elle; orgueilleuse et solitaire.

Anselme, à ces mots, baissa la tête et dit rapidement :

— Je vous en prie, revenez me voir.

Elle le regarda dans les yeux, de haut en
bas, sans se courber, pendant que, anéanti,
il restait à genoux sur la natte. Elle hésita,
et soupira. Elle était charmante ainsi, avec
son sein en mouvement et ses narines qui se
gonflaient à demi, accusant une émotion in-
térieure. Enfin elle dit :

— Non. C'est trop grave.

Anselme se releva :

— Que craignez-vous donc?

— Tout. Moi. Vous-même. Les hommes
sont si indiscrets !

— Mais vous voulez donc que je meure?

La voix d'Anselme avait alors la douceur
d'un chant d'oiseau.

— Non pas, fit-elle en l'enveloppant d'un regard.

Puis elle soupira encore, et on eût dit alors que son cœur et son esprit se livraient une lutte pénible. Enfin, elle parut quelque temps absorbée dans une concentration de pensée douloureuse ; puis, comme une reine qui accorde une grâce, elle se détermina tout à coup.

— Écoutez, lui dit-elle. Tous les mardis, je viendrai passer trois heures auprès de vous. Mais, si jamais vous cherchez à savoir qui je suis, si vous parlez de moi à *âme qui vive*, si seulement, me rencontrant dans la rue, ou n'importe en quel endroit, vous avez l'air de me reconnaître, vous ne me reverrez plus. Je disparaîtrai subitement ; je m'évaporerai comme la fumée de vos cassolettes, et vous ne pourrez jamais me ressaisir. Je serai morte pour vous.

— Vous avez donc bien des choses à perdre ? dit Anselme.

— Oui, répondit-elle en pâlissant. La vie.

Cette parole solennelle fit frémir Anselme.
Pendant que les oiseaux chantaient gaiement dans la cage, il demeura silencieux ;
puis, comme s'il eût été maîtrisé par la gra-
vité de la situation, il étendit la main :

— Je vous jure de vous obéir.

— Ainsi, vous ne m'adresserez jamais de
questions, et vous saurez vous contenter de
ce que je vous accorde ?

— Je le jure.

— Embrassez-moi donc, mon cher cœur,
dit-elle avec un abandon qui n'était pas
exempt d'une sorte de raillerie.

Et, comme si elle eût voulu achever le
poëte en lui montrant une confiance presque
blessante, elle approcha d'elle-même sa tête
brune.

En ce moment, ils étaient debout auprès du singe. Le singe qui, pendant cette conversation, — la trouvant sans doute bien oiseuse, — avait haussé les épaules comme une personne, profita de l'instant où les jeunes gens se tenaient par la tête, et, par un brusque mouvement des bras, il souleva la robe de la dame et découvrit deux jambes à faire damner Jupiter. Puis, il se sauva sur sa niche, et se mit à se gratter l'oreille d'une patte.

— Vilaine bête ! cria Anselme indigné.

— Eh ! ne le grondez pas, dit l'étrangère. Il faut bien que tout le monde vive !

Elle remit alors son chapeau, s'enveloppa de sa mante et baissa son voile. Anselme la reconduisit jusqu'à la porte. Il était triste, comme son singe.

— Je ne sais même pas votre nom ! lui dit-il avec un reproche.

— Je m'appelle *Outis*.

— *Outis?* Ce n'est pas un nom. C'est une négation de nom. Voyons, vous êtes belle, soyez bonne. Cela ne vous compromettra pas. Vous devez avoir, comme tout le monde, un petit nom oublié dans le coin de votre acte de naissance, que personne ne vous donne, qui n'est attaché à vous que pour la forme, un Cendrillon de nom. Dites-le-moi.

— Eh bien, je me nomme Sylvie, répondit-elle.

Anselme lui serra les deux mains avec une sorte de convulsion caressante :

— Sylvie, je t'adore ! s'écria-t-il.

Elle partit. Nulle voiture ne roula dans la rue sur le pavé durci par la gelée de novembre. Au bout d'une heure cependant, Anselme écoutait toujours, appuyé contre la fenêtre. Enfin, il alla s'étendre sur son divan, mais il ne reprit pas son livre, et le soir,

4

quand son domestique rentra, les joues pleines encore du vin qu'il avait bu, il trouva
notre sceptique qui pleurait à chaudes larmes
dans les bras de son singe.

VII

La première chose que fit Anselme le lendemain fut d'acheter un almanach et un
chronomètre. Il biffait, sur cet almanach, la
date de chaque jour qui s'écoulait, et, quand
le temps lui semblait long, il l'occupait à
compter les minutes.

Cependant, la rage poétique le prit le troisième jour de la semaine en pensant à l'air
mystérieux de sa belle amie. Alors, il écrivit

tout d'un trait une ode qu'il trouva superbe
et qui était détestable.

Le reste de la semaine se passa pour Anselme dans une impatience fébrile. Il fumait
des cigarettes dont le singe ramassait les dé-
bris éteints pour les manger, et le soir il se
promenait sur les ponts et les quais, en regardant la lune. Quelques-uns de ses amis
les plus extravagants vinrent le voir, mais
ils s'en retournèrent comme ils étaient venus,
car Anselme avait fait défendre sa porte, ne
voulant pas rencontrer, en ce moment, cette
chose désillusionnante qu'on nomme la face
humaine.

Pour la première fois de sa vie, le jeune
poëte se sentait heureux. Il pliait même un
peu sous le poids de sa bonne fortune. Quand
un homme est aimé d'une femme du monde,
il lui pardonne aisément de n'avoir pas un
très-grands fonds de beauté. Sa position,

son éducation, les marques de respect qu'on
lui donne, le charme de ses manières lui
suffisent, et si bien que, avec les seules
grâces de la jeunesse, elle est à peu près
sûre de plaire. Mais Sylvie resplendissait
de cette beauté qui ne se voit plus aujour-
d'hui que sur le marbre. On eût dit qu'elle
avait conservé dans ses veines le plus pur
sang de la race antique, et le mystère dont
elle s'entourait, — inquiétant pour un homme
vulgaire, — avait pour Anselme des attraits
irritants qui dépassaient tout. Aimer une petite bourgeoise à l'air éveillé eût séduit médiocrement notre poëte. Une femme aussi
bizarre que belle, dont il devait tout ignorer,
et qui risquait sa vie pour le venir voir, cela
le ravissait dans ses instincts les plus raffinés.

VIII

Le mardi suivant, Anselme ayant ordonné
une nouvelle promenade de santé à son domestique, et tenant son chronomètre dans sa
main, suivait de l'œil l'aiguille d'or qui tournait aussi tranquillement que d'habitude.
« Elle ne viendra peut-être pas, » se disait-
il, ou bien elle sera en retard. Pourquoi
serait-elle exacte? Les femmes ne le sont jamais, et moi je ne suis jamais exact non plus.

À midi juste, la sonnette tinta, et cela fit
sur lui l'effet d'un coup de foudre. Il se leva
aussitôt, se jeta sur la porte et l'ouvrit. C'était
elle! Il l'attira vers le divan, la fit asseoir,
et, pendant qu'elle retirait ses gants lentement, il se mit à genoux à ses pieds.

— Comme vous êtes pâle! lui dit-elle.

— C'est que je craignais de ne plus vous
voir.

Elle lui serra tendrement les mains, et ils
s'adorèrent.

La fin de la journée se passa, à peu de
chose près, comme celle de la semaine pré-
cédente, si ce n'est qu'Anselme se montra
d'abord beaucoup plus circonspect, et que
Sylvie, en personne adroite, s'informa dis-
crètement de sa famille et de ses amis. Anselme, se rappelant son serment, ne lui fit pas
de questions et se contenta de lui répondre
avec patience, riant par flatterie quand elle

daignait sourire, et lui débitant force compli-
ments gracieux et de bon goût, comme doit
faire un poëte quand il est habile et bien épris.

Il y eut pourtant un moment où la bonne
harmonie qui s'était établie entre eux fut sur
le point de disparaître. Sylvie riant un peu
trop des louanges hyperboliques que lui
adressait Anselme, le jeune homme n'ima-
gina pas qu'une bouche qui se dépliait si volontiers pût se plisser jamais sous l'effort de
la colère, et, entraîné par ses mauvaises habitudes de paradoxe et de galanterie facile,
il alla beaucoup plus loin que ne l'entendait
Sylvie.

— Les femmes, lui dit-il d'un air doux
qui contrastait étrangement avec le sens de
ses paroles, attachent, presque toutes, à
l'abandon de leur personne une importance
inexplicable. On dirait, quand on leur demande un peu de bonne grâce, qu'il s'agit

de leur faire endurer le supplice le plus
désagréable. Tandis que les oiseaux sur les
arbres, les insectes sur les fleurs, les lézards
sur les murs, les moutons au bord des haies,
toutes les bêtes enfin se livrent à l'amour de
la façon la plus simple et la plus naturelle,
elles font une bizarre exception à la règle
commune, et mettent à leurs faveurs des con-
ditions excessives, afin d'en rehausser le prix.
C'est abuser étrangement de la timidité des
hommes. Mais les hommes méritent bien que
les femmes se moquent d'eux. Ce sont eux
qui, par bêtise ou par raffinement de vice,
leur ont appris à se considérer comme des
êtres d'une essence particulière, leur donnant
le nom d'*ange*, comme si ce nom mystique
était un excitant particulier pour celui qui le
prononce ou celle qui l'entend.

Sylvie, en écoutant cette philosophie sau-
grenue, ne riait plus et serrait en tremblant

ses lèvres pâles. Alors Anselme, la croyant
interdite, ou tout au moins éblouie, eut la
malencontreuse idée de joindre l'action à la
démonstration. Il s'en repentit aussitôt, et,
pour le punir, il suffit à la jeune femme d'une
parole. Soudain ce fanfaron, qui se moquait
si plaisamment de l'amour, — avec ses amis,
— se refit humble, demanda pardon, s'ex-
cusa sur l'emportement de sa jeunesse. Il
savait bien que Sylvie était digne de tous ses
respects, aussi ne comprenait-il pas comment
il avait pu s'oublier au point de lui faire
injure. Enfin il parla très-éloquemment, et
très-longtemps, mais Sylvie n'adoucit pas
l'expression de mépris qui contractait les
muscles de son visage, et, comme la nuit
tombait, elle se disposa à partir. Anselme,
alors très-inquiet, lui prit les mains et re-
commença ses supplications et ses paroles
touchantes. Cela lui faisait baisser les yeux,

car elle pénétrait sa pensée et elle le laissait
parler sans lui répondre. Les femmes ne haïs-
sent pas de voir trembler les superbes, et
celle-ci était exclusivement femme, jusque
dans les instants où l'indignation altérait la
sérénité de son esprit. Cependant, le jeune
homme, penchant la tête vers son oreille,
la pria de revenir le mardi suivant, sans
faute...

— Que voulez-vous qui m'en empêche?
lui dit-elle.

— Je ne sais, répondit Anselme; mais si
vous ne venez pas... je me tue !

Et, la voyant sourire, il ajouta, comme s'il
se fût repenti de s'être laissé entraîner à une
menace ridicule :

— Avec mon singe.

— Voilà qui me décide tout à fait, dit
Sylvie redevenue subitement sérieuse, et, jugeant que le poëte était assez châtié de sa

hardiesse, elle ajouta, avec une sorte de bonté railleuse :

— Je vous prouverai que les jours de Polé-mon me sont chers.

IX

Sylvie revint exactement tous les mardis,
et chaque fois Anselme, comme s'il eût été
enfin corrigé, se montra plus soumis et plus
tendre. Chaque fois, il découvrait dans la
femme aimée une beauté nouvelle. Son teint
avait un grain particulier d'une douceur
étrange, qui tenait de l'ivoire et du marbre,
sans le moindre duvet, et, avec un peu d'attention, on pouvait voir le sang courir sous
son épiderme. Cela surprenait le poëte. Un
jour, en badinant, il releva sa manche. Il fut

alors émerveillé de l'éclat de sa peau, et,
s'approchant, il reconnut qu'elle avait les
bras épilés comme le visage. Cette excentricité le mit hors de lui. Il était ivre de plaisir.
Sylvie, qui le comprenait, ne dit rien, mais
gracieusement, avec une sorte de hauteur
très-féminine, elle haussa les épaules.

Quoiqu'elle parût s'attacher beaucoup à
celui qui n'était pas encore son amant, elle
ne lui accordait rien que successivement,
avec mesure. Elle agissait avec lui comme
les mères avec leurs enfants convalescents,
et elle prouvait ainsi qu'elle était sage. Il lui
fallait cependant posséder un grand empire
sur elle-même pour ne se laisser jamais entraîner, car Anselme, à dessein, se faisait
maintenant respectueux, attentionné, per-
suasif, et il avait d'ailleurs une charmante
mine, rehaussée par son costume bizarre.
Mais Sylvie se maîtrisait toujours. « Ne m'ai-

mera-t-elle donc jamais? » se disait Anselme.
Il remarqua cependant que, plus il dépouil-
lait la peau du vieil homme, plus elle était
indulgente. Alors il s'observa plus rigoureusement encore, et, son bon naturel reprenant
le dessus, il parvint enfin à la vaincre.

Jamais Sylvie ne se défendait contre les
tentatives amoureuses d'Anselme que par les
yeux. Il est vrai que, dans ses yeux, il y avait
une âme. Tour à tour, ils prenaient les ex-
pressions les plus glaciales et les plus passionnées. La hauteur, le mépris, la raillerie y
brillaient en traits de feu, comme l'amour et
la gratitude. Mais un observateur plus clair-
voyant eût pu voir que la bonté demeurait
tout au fond de ses regards, et il eût pensé
sans doute que, si le caractère d'Anselme
avait été moins fait pour inquiéter une femme,
celle-ci se serait montrée plus humaine.

Quoi qu'il en soit, un jour du mois de

décembre, — un de ces jours où le soleil rose
étend obliquement ses rayons sur les nuages,
chargés de neige, — Sylvie parut enfin touchée des protestations d'amour d'Anselme.
Elle ne céda pas cependant sans lutter contre
la raison qui lui conseillait une résistance in-
définie ou plus prolongée, et, pour la première
fois, il y avait sur ses traits divins comme une
expression de souffrance. Mais ce jour-là, un
silence imposant l'environnait, dans la haute
salle pleine de fleurs exotiques, dont les murs
éclatants renvoyaient partout des éclairs ; le
jet d'eau, arrêté, laissait tomber des gouttes
une à une dans la vasque ronde ; les oiseaux
du Brésil dormaient côte à côte, voluptueusement, cachant la tête sous leur aile peinte ; les
cassolettes fumaient comme des encensoirs,
emplissant l'air de pénétrantes senteurs ; le
Bouddha, inclinant son front sous sa tiare,
souriait et levait son index avec une expres-

sion de bienveillance et de mystère ; et Anselme, suppliant, pâle, les mains jointes, parlait avec sa voix douce et basse, multipliant
les serments et les paroles de tendresse. C'est
un terrible avocat qu'un poëte ! Il trouve,
dans ses improvisations, de ces mots imprévus
qui ravissent les femmes. Sylvie, cependant,
comme si elle ne se fût abandonnée qu'à regret, baissa la tête, et des lueurs pourprées
s'étalèrent sur ses joues blondes, tandis qu'Anselme, silencieusement, promenait ses doigts
tremblants autour de sa gorgerette, et que le
singe, roulant ses prunelles noires sur ses
sclérotiques d'argent, claquant les dents,
gambadant, tiraillait sa chaine, fou, et poussait des cris à fendre l'âme.

— Cet atroce animal est fort jaloux ! dit
enfin Anselme, d'un air heureux.

Sylvie avait des larmes au bord des yeux.

— Pauvre Anselme ! murmura-t-elle.

X

Une intimité de cœur toute nouvelle s'éta-
blit dès ce moment entre Anselme et Sylvie.
Sylvie — sans doute suivait-elle une ligne de
conduite préméditée — se montrait soumise
à son tour, et le poëte, ne pouvant se contenter de la posséder et s'habituant naïvement
à sa soumission, inventait des choses inouies
pour aviver ses plaisirs. Tantôt il faisait en-
dosser à sa maîtresse un splendide costume de

5.

Vénitienne du vi° siècle. Alors, avec sa longue robe de satin bleu damassé, ses cheveux
enlacés de perles, ses souliers de brocart d'or,
tenant un éventail de plumes d'autruche dans
sa main, elle avait l'air de s'être échappée,
éblouissante, d'une toile de Véronèse. Tantôt
il l'habillait de la tunique blanche des femmes
grecques, et Sylvie, se drapant gravement, de
façon à laisser voir l'extrémité de ses san-
dales, baissait le front pour dégager sa nuque
où se tordaient ses cheveux bruns sous
l'étreinte des bandelettes, et on eût dit alors
qu'elle était descendue, par une belle nuit
d'été, de la frise d'un temple d'Égine ou de
Mégare. Tantôt, enfin, le poëte la travestissait
en Syrienne. Elle nattait ses cheveux en
tresses minces qui pendaient dans toute leur
longueur, pêle-mêle avec des chapelets de
piastres ; elle se coiffait en arrière d'un tar-
bouch à houppe bleue de soie floche ; elle at-

tachait de petites balances d'or à ses oreilles, passait dix fois autour de son cou un collier de sequins et chaussait ses pieds nus, dont les talons étaient teints en rouge, de babouches brodées de paillons. Des pantalons de satin cerise cassaient leurs plis miroitant sur ses hanches et, rattachés aux genoux, retombaient en bouffant jusque sur ses chevilles mignonnes ; une chemise de gaze lie de vin, transparente, à bandes d'argent, s'ouvrait à la base de son cou d'ivoire ; sa ceinture de cachemire, très-lâche, retombait mollement en avant, avec une grâce indolente, et sa veste de velours à broderies d'or, flottant non-chalamment, découvrait ses bras jusqu'aux coudes. Elle était merveilleusement belle ainsi, toute parfumée de musc, d'huile de rose, de santal, d'essence de jasmin, avec ses brace-lets d'émeraudes, ses bagues minces constel-lées de rubis, étroitement cerclées sur ses doigts autour de chaque phalange, ses ongles peints, ses sourcils égalisés au rasoir, ses paupières avivées de kohl, ses lèvres rougies de hennah ; et, pendant qu'elle marchait paresseusement, en glissant les pieds et balançant à son bras un long chapelet de grains d'ambre, les piastres qui descendaient sur son dos avec ses cheveux bruissaient doucement et miroitaient au jour comme les écailles d'une armure.

C'était une chose touchante que de voir maintenant cette charmante femme, si personnelle en apparence, se plier aux caprices les plus extravagants de son maître. Elle comprenait ses moindres désirs, et les satisfaisait tranquillement, avec son air souriant, sans se faire prier, sans se permettre jamais d'observations ni de réflexions, sans même laisser soupçonner ce qu'ils pouvaient lui causer de répugnance. Peut-être, se disait-

elle, que, dans leur liaison, elle avait apporté
une restriction, et, avec un esprit d'équité
bien rare chez les femmes, elle cherchait,
par tous les moyens en son pouvoir, à se le
faire pardonner. Elle ne contredisait jamais
son amant qui, n'ayant plus de motifs pour se
gêner, n'avait pas tardé à reprendre ses doctrines les plus farouches ; elle ne le froissait
en rien, et, quelque chose qu'il fît ou qu'il
dît, il était sûr de la voir approuver de la
tête. Enfin, comme si elle avait résolu de le
fasciner, elle le flattait délicatement dans ses
goûts les plus intimes, et le poëte ravi se
demandait alors si c'était une bonne ou une
méchante fée qui s'installait ainsi dans le
repli le plus secret de son âme, pour poursuivre un dessein étrange tout enveloppé de
ténèbres.

XI

Il y eut surtout un jour où Anselme faillit devenir fou de joie en découvrant dans sa maîtresse un talent qui, par son originalité, effaçait tout ce qu'il avait jamais rêvé de plus extraordinaire. Ce jour-là elle s'était fait précéder par un commissionnaire portant sous son bras une boîte longue que le poète essaya vainement d'ouvrir, et, quand elle arriva, elle le renvoya tout d'a-

bord sur son divan, à l'extrémité de la
chambre, lui défendant de la questionner,
mais l'engageant à écouter, parce qu'elle
avait l'intention de lui faire entendre un peu
de musique. Anselme se récria, et son front
se rembrunit. Il croyait que Sylvie allait
infliger à ses oreilles le supplice de quelque
romance à la mode avec accompagnement
d'harmonica, et sur-le-champ il déclara qu'il
ne consentirait à écouter qu'une *tyrolienne*.

— Le chant tyrolien, lui dit-il, est incohé-
rent et rigoureusement modelé sur la nature. On dirait un chant d'oiseau. Quand
je l'entends, il me semble que je suis un
oiseau moi-même et qu'il me pousse des
ailes !

Sylvie ne répondit rien à Anselme. Elle
s'était assise devant une table légère, à
quatre pieds, sur laquelle elle avait posé,
bien d'aplomb, un coffret très-aplati, oblong,

percé au milieu d'une large ouverture et
garni de vingt-huit cordes. Son bras droit
s'allongeait sur la table, son bras gauche était
collé à son corps, et la pose gracieuse qu'elle
avait prise, en croisant ses deux pieds l'un sur
l'autre, faisait valoir sa taille élégante et la
courbure suave de son cou. Les doigts de sa
main droite effleuraient les cordes les plus
éloignées, avec les pincements nerveux fami-
liers aux joueurs de harpe ; les doigts de sa
main gauche s'appuyaient tour à tour sur les
quatre cordes les plus rapprochées d'elle,
comme sur les touches d'ivoire d'un piano ; et,
parfois, appuyant l'ongle de son pouce renversé à l'extrémité d'une corde, elle le faisait glisser très-vite en repliant son bras,
avec un geste mutin plein de grâce et de sou-
plesse.

Anselme la guettait de loin, du coin de
l'œil, pendant qu'elle préludait ainsi, et, dès

qu'il eût entendu les premiers accords de l'instrument mystérieux, il poussa un cri de surprise. Sylvie avait choisi un air étrange pour
tirer les effets les plus puissants de sa *cithra*,
et, quoiqu'il n'eût pas le moindre rapport avec
le chant tyrolien, cet air ne pouvait manquer
de ravir Anselme. C'était une sorte de *ber-
ceuse* orientale, d'un rhythme fléchissant, dont
la dominante, s'imprégnant de plus en plus de
tristesse, atteignit enfin jusqu'à l'expression
du désespoir. Le chant, d'abord, fut comme
assourdi, puis un souffle s'éleva, ineffable et
pénétrant, avec des mollesses infinies dans la
mesure, des ralentissements, des hésitations,
des interruptions même qui suspendaient, en
l'irritant, la sensation du plaisir dans l'oreille
et engourdissaient l'âme dans une sorte d'op-
pression stupide, pleine de marasme et de
douceur. On eût dit un de ces refrains mono-
tones que l'esprit inquiet des malades fredonne

machinalement au début des accès de fièvre,
et qui mêlent anxieusement les accents les
plus vifs de l'allégresse aux accents les plus
âpres de la douleur. Chaque note, grave ou
mièvre, révélait en même temps des souffran-
ces vagues, une intense nostalgie, une sorte de
hauteur dans la tristesse, de satiété dans l'ennui et de sombre mépris qui saisissait la mé-
lancolie et la poussait à se détester elle-même.
Les accords les plus accentués, en s'envolant,
effarouchés, sous les doigts blancs de Sylvie,
pleuraient comme les accords les plus fu-
gitifs. Les phrases les plus clairement mo-
dulées gémissaient comme les phrases les plus
inertes, et toute cette harmonie sauvage se
déroulait ainsi, avec ses sourires inconsolables
et ses sanglots stupéfiés, comme le vent iné-
gal qui tantôt se glisse en murmurant sous
les branches, et tantôt les heurte en passant
avec d'effroyables clameurs. Et cela recom-

mençait indéfiniment, à travers les change-
ments de tons et de mesures, avec une persistance douloureuse, comme une chanson de
fou, lorsque, enfin, les doigts de Sylvie, ef-
fleurant tous ensemble, une dernière fois, les
cordes émues, s'arrêtèrent soudain, laissant
trembler dans l'air un accord strident et gracieux, inquiétant comme l'appréhension du
plaisir, et plus triste que la mort.

Anselme s'était peu à peu soulevé sur le
coude. Cette musique bizarre, cet instrument
inconnu, la physionomie de Sylvie qui restait impassible, tout cela l'intriguait, et les
interrogations se pressaient sur ses lèvres. Il
voulait savoir pourquoi sa maîtresse lui avait
caché qu'elle fût musicienne, et surtout ce
qu'était cet air énervant qui l'avait si pro-
fondément impressionné. Mais Sylvie, comme
si elle ne se fût seulement pas aperçue de
la présence d'Anselme, méditait et tenait ses

yeux fixés devant elle. Soudain elle posa ses
doigts sur les cordes, un murmure s'éleva,
puis une voix de contralto, d'un timbre pénétrant, lança dans l'air une phrase lente et
sonore, et Anselme stupéfait, pendant que
Sylvie chantait, la regardait avec une expression d'amour qui ressemblait à de la terreur.

« Il est près d'Hajos, en Hongrie,

» Un steppe immense où l'on entend, la
» nuit, le trot des loups.

» Là, sous les saules argentés, je me suis
» construit une hutte,

» Avec des branches et des roseaux des-
» séchés ;

» Et ma hutte n'a point de porte.

» Quand j'étais encore un enfant,
» Je m'élançais, chaque matin, à travers

» les brouillards qui flottent sur le Danube,

» comme des haillons traversés de profondes

» déchirures.

   » Je faisais siffler ma fronde en la secouant

» autour de mon poing,

   » Et je frappais les aigles qui planent lour-

» dement au ras de terre,

   » Et les lièvres qui fuient dans l'herbe

» grise, avec leurs oreilles rabattues sur le

» dos.

   » Le steppe est désert et tranquille.

   » Un jour un chariot, aux ais gémissants,

» couvert d'une natte de jonc qui se fripelait

» au vent sur des cerceaux,

   » S'avança, traçant deux longs sillons dans

» la bruyère,

   » Et il y avait une jeune Bohémienne as-

» sise, les pieds nus pendants, sur le bran-
» card du chariot,

 » Qui portait des perles bleues aux oreilles,
» et souriait en regardant ma peau olivâtre et
» mes cheveux noirs.

 » La chasse ne me plaisait plus.

 » Chaque soir, j'allais guetter, en me ca-
» chant dans les roseaux du rivage,

 » Sava la bohémienne, qui lavait dans le
» fleuve ses bras hâlés et ses pieds pou-
» dreux.

 » Je la guettai si bien qu'enfin elle tomba
» sur mon cœur et appuya sa tête sur mon
» épaule,

 » Et le lendemain elle m'étreignait encore,
» comme une vigne vierge qui s'accroche au
» tronc d'un ormeau.

» J'oubliai Sava pour Nazarena, Nazarena
» pour Berky, et Berky pour ses trois sœurs
» aux hanches puissantes.

» J'oubliai aussi les trois sœurs de Berky
» pour le jeu de tarots.

» Et alors, tant que le soleil reluisait sur
» ma tête,

» Je défiais mes compagnons, et nous met-
» tions pour enjeux nos habits de peau, nos
» bijoux de verroterie, nos pipes de terre et
» nos longs couteaux ;

» Si bien qu'enfin je devins le plus riche
» de la bande, car je savais tricher, et d'ail-
» leurs nous trichions tous ! mais je trichais
» le mieux !

————

» Alors, on n'entendit plus retentir les im-
» précations sur mon seuil désert, et, le dos
» renversé sur un lit de feuilles sèches, je

» buvais, pour me rafraîchir, le vin de Zankà,
» ce vin dur qui sent le caillou,

      » Et qui procure aux buveurs un sommeil
» étrange ;

      » Non ce sommeil de plomb qui ressemble
» à la mort,

      » Mais un sommeil fiévreux troublé par les
» désirs et par les rêves :

      » On dirait une agonie, tant l'âme est mal
» à l'aise dans le corps.

————

      » Quand je n'eus plus d'argent pour ache-
» ter du vin, je me glissai dans les fermes,

      » La nuit, comme un renard qui se traîne
» le ventre à terre, tendant le cou, et s'ar-
» rêtant pour écouter le silence, et regarder
» au loin scintiller les feux des bergers.

      » Et je volai d'abord des poules, puis des

» moutons, puis des chevaux pour fuir à tra-
» vers le steppe aplati devant les Pandours.
» Je volai aussi l'épargne des fermiers cachée
» sous la pierre de l'âtre ;

 » Enfin je volai des enfants qui dormaient
» dans leurs couchettes de bois peint ba-
» riolé.

 » Et je les vendis à mes frères les Bohé-
» miens qui les emportèrent avec eux jus-
» qu'au fond de la Russie rouge.

 » Un jour, le père était là, tout près,

 » Qui polissait des cerceaux pour ses bar-
» riques, avec une doloire.

 » Il s'élança sur moi pour m'arracher son
» enfant qui criait comme un jeune chat.

 » Mais je le frappai d'un coup de couteau
» dans la gorge,

» Et son dernier soupir, entre les lèvres de
» sa blessure, s'échappa avec son sang.

———

» Depuis lors, j'ai chassé souvent, aimé
» beaucoup, défié au jeu de tarots tous ceux
» qui passent sur la bruyère ;

» Je me suis enivré chaque jour, et chaque
» jour, peu soucieux de la potence qui se
» dresse à l'entrée des villages, j'ai volé quel-
» que chose, ne fût-ce qu'un sac de vieux
» clous ;

» Et j'ai regardé battre la terre de leurs
» talons les voyageurs que j'attendais derrière
» les haies au bout de ma carabine ; et même
» je me suis donné le plaisir d'éclairer mes
» nuits en incendiant les châteaux et les
» chaumières ;

» Et jamais la chasse, l'amour, le jeu, le

» vin de Zankà, et le vol, qui pourtant a bien
» son prix, à cause des émotions,

   » Ne m'ont procuré de jouissances plus
» âpres que le meurtre.

   » Mais la satiété du meurtre me prend à
» son tour,

   » Et je ne sais plus que faire !

   » Le ciel est trop haut, je ne puis cracher
» jusqu'à lui.

   » Cependant, par les claires nuits d'été, je
» montre le poing aux étoiles,

   » Et je hurle tout seul, à pleine gorge,
» dans la lande affreuse, pour me figurer que
» je suis un loup. »

A mesure que Sylvie chantait, Anselme se
rapprochait d'elle. Jusqu'alors elle s'était contentée de se prêter à ses excentricités, elle ne

les avait jamais dépassées de son propre mouvement ; aussi le poëte ne l'aurait-il pas crue
capable de prononcer de telles paroles. La
jeune femme les récitait sur un mode trai-
nant, avec des éclats de voix virils et vibrants
entrecoupés de sourds murmures. Sa gorge
se gonflait et l'on voyait se tendre les artères
de son cou. Puis elle devenait pâle, et, pendant que se contractaient ses lèvres frémis-
santes, ses narines s'ouvraient comme pour
aspirer un parfum sauvage. Les lions éven-
tant la proie ont des mouvements de muscles terribles sur la face ; ils n'ont pas cet
air implacable et hautain.

Quoique la chanson ne satisfît Anselme
qu'à moitié, car il ne la trouvait point assez
brève ni assez farouche, il serra la main de
Sylvie et la supplia de chanter encore. Mais
Sylvie, comme si maintenant elle eût été hon-
teuse de son action, repoussa son amant sans

dire un mot, et Anselme, qui ne comprenait rien à son caprice, craignant de l'avoir blessée, sentit alors, et pour la première fois, à quel point il l'adorait.

XII

A partir de ce jour, un changement très-
visible se manifesta dans la conduite de Sylvie.
Satisfaite d'être enfin parvenue à hausser
l'amour du poëte jusqu'à l'enthousiasme,
elle feignit de faire redescendre le sien comme
si elle eût été subitement blasée. D'abord elle
commença à railler Anselme impitoyablement,
aussitôt qu'il essayait de débiter ses paradoxes,
et Anselme surpris fit des efforts inouïs pour

la convaincre de sa sincérité. Alors elle se-
couait la tête ou le regardait en dessous pour
lui montrer qu'elle n'était pas très-convaincue,
et cela faisait enrager le poëte. Il comprit
enfin qu'il y avait en elle une chose dont il
ne serait jamais le maître, sur laquelle ni son
amour ni sa volonté n'avaient prise, et il s'a-
charna à combattre cette chose avec la persistance et l'entêtement d'un enfant gâté.

Mais Sylvie ne se contentait pas de railler
Anselme. Elle affectait de vouloir deviner
quelle cause secrète avait insensiblement con-
duit sur la lisière de la folie cet homme de
talent qui, lorsqu'il daignait être naturel,
montrait un jugement sain et rare. Tout en
sondant ainsi ostensiblement le passé de son
amant, elle l'excitait à la lutte. En effet, il
était impossible que le poëte, interrogé par sa
maîtresse, n'éprouvât pas le désir de l'inter-
roger à son tour, et Sylvie, qui devinait la

plus subtile de ses pensées dès qu'elle était éclose dans son cerveau, le menaçant du bout du doigt, Anselme se dépitait et boudait à l'écart. Enfin, après quelques semaines de taquineries sourdes, Sylvie, voyant Anselme de plus en plus alléché par les premiers plaisirs de la possession, abrégea tout à coup la durée de leurs entrevues sous de fallacieux prétextes. Elle disait que le carème était proche, et qu'il ne convient pas alors à une femme de visiter son amant; et Anselme, ainsi que cela devait être, s'attacha d'autant plus à sa maîtresse qu'elle semblait se détacher de lui. Peu à peu le poëte irrité devint triste, amer. Il éprouvait une inquiétude singulière. Sylvie rèvait beaucoup, soupirait et se plaignait des ennuis de la vie. Tout amour doit fatalement engendrer un duel. Ce fut vers le milieu du mois de février que le duel commença entre Anselme et Sylvie.

XIII

Anselme, rigoureusement, n'avait pas le
droit de se plaindre de sa maîtresse. En ac-
ceptant la situation exceptionnelle dont elle
avait fait la condition suprème de leur liaison, il s'était engagé tacitement à en subir
toutes les conséquences. Mais après l'avoir
adorée pour le mystère dont elle s'entourait et
que, — en véritable excentrique, — il ne cherchait point à pénétrer, il commençait à s'éton-

ner de ce mystère, le trouvait plein d'incon-
vénients, se demandait si le silence de Sylvie
n'était point une injure, se disait qu'il ne doit
point y avoir de secret entre deux amants, et,
peu à peu, poussé par l'inquiétude et le dé-
sœuvrement, il en arriva à vivre d'une pensée
obsédante : — Qui est-elle?

Il est vrai que Sylvie avait quelque chose
de très-irritant dans toute sa personne. Il
était impossible à l'esprit le plus pénétrant
de déterminer, non-seulement à quelle race
humaine, mais à quelle condition sociale elle
appartenait. Elle parlait purement le français,
mais c'était avec un accent musical qui, malheureusement ne sert pas d'accompagnement
naturel à la langue des choses exactes. Elle
avait dans les lignes du visage et de tout le
corps un je ne sais quoi de méridional plein
de saveur, et, quand elle portait les costumes
de l'Orient, on eût dit qu'elle n'en avait

jamais porté d'autres ; mais ses manières et
ses vêtements habituels révélaient la Parisienne de race, fleur suave qui ne pousse
que dans l'immense serre chaude de la civi-
lisation la plus raffinée. Enfin la maturité précoce de son esprit et sa bonté accusaient une
nature généreuse; mais, toujours en garde
contre elle-même, silencieuse, impénétrable,
enfermant ses moindres pensées sous son
front, elle ne se laissait jamais surprendre,
et cette possession de soi-même ne s'accordait guère avec l'abandon de cœur que son
amant observait en elle, quand il avait assez
de sang-froid pour l'étudier.

Anselme en arriva à décider que Sylvie
était une Parisienne... un peu bizarre. Mais,
en voulant deviner sa position sociale, il re-
tomba dans des perplexités infinies. Jamais
elle ne se ressemblait à elle-même, et, comme

7

un Protée moqueur, elle se modifiait à son
gré. Tantôt elle se montrait si simple, si
naïve, que le poëte la prenait pour une petite
bourgeoise qui cherche une sorte de distrac-
tion dans les aventures, afin de supporter patiemment la société de quelque fade mari.
Tantôt, Sylvie reprenant ses grands airs et
ses poses nonchalantes, Anselme pensait
qu'elle avait dû naître au milieu du luxe, des
splendides inutilités, des élégances; et il se
la représentait alors habitant un fastueux
hôtel du noble faubourg, en compagnie d'un
grand vieillard à cheveux blancs, quelque
burgrave de l'âge moderne.

Mais les menaces de Sylvie lui revenaient à
la mémoire. — Elle risque sa vie, se disait-il, cela ne prouve pas absolument qu'elle
soit mariée. — Et, rapprochant ce doute
de la science de l'amour, qui était peut-être

l'attrait le plus puissant de sa maîtresse, des
soins inouïs qu'elle prenait de sa personne, de
cet art profond de la séduction qui s'étendait
au timbre de ses paroles, à ses regards, à ses
gestes, il voyait en elle, — avec un certain
orgueil, tant le passionnait encore la moindre
excentricité, — une de ces courtisanes sans
famille et sans patrie que lancent les hommes
d'État autour des tapis verts de la politique,
pour fasciner leurs adversaires et leur faire
perdre l'esprit. — Elle doit être, se disait-il,
la maîtresse de quelque sauvage : russe,
hongrois ou maggyare, qui l'aime en grinçant
des dents, et ce qu'elle redoute, — quand elle
songe à ce qui l'attend si elle était découverte,
— c'est quelque bon coup de couteau.

Enfin, réagissant encore, après avoir rêvé
longuement aux ardeurs de sa maîtresse, il se
disait : — Qui sait? Je me trompe peut-

être... Mais qui est-elle? qui est-elle? — Et un jour où Sylvie, malgré ses supplications, n'était restée auprès de lui qu'une demi-heure, le poëte irrité se répondit à lui-même : — Je le saurai.

XIV

Le désir de connaître **Sylvie**, une fois for-
tifié par la crainte de la perdre, pénétra l'âme
d'Anselme jusqu'au fond et devint bientôt
une manie. Il ne pensait plus qu'à cela. Il en
oubliait son chien, son singe, la poésie,
l'amour même !

D'abord, tout en feignant de caresser sa
maîtresse et de causer avec elle de choses
indifférentes, il l'attaqua sournoisement et de

différents côtés. Mais Sylvie se tenait sur ses
gardes, et toute conversation un peu suivie
devint bientôt impossible entre eux.

— Où donc êtes-vous née, ma chérie? lui
dit-il un jour.

Elle sourit et répondit :

— A Pantin.

Anselme comprit. Ils avaient l'air de deux
diplomates qui cherchent mutuellement à
s'arracher leurs secrets en se disant des
mots gracieux.

— Êtes-vous riche? lui dit-il un autre
jour, après avoir longuement parlé de Bal-
thazar, d'Assuérus, des fermiers généraux,
de la Californie et des mines du Potose.

— Oui, très-riche, répondit Sylvie, et
elle se mit encore à sourire en plissant ses
paupières sur ses grands yeux d'émeraude.

— C'est malheureux! murmura Anselme.
Je vous aimerais mieux pauvre... et libre.

Elle le regarda de travers, comprenant
fort bien qu'il lui parlait ainsi pour savoir si
elle était mariée; puis elle lui dit :

— Votre promesse est déjà sortie de votre
mémoire. Vous faiblissez, mon cher Anselme.

— Méchante ! répondit-il tristement. Je ne
faiblis pas, mais je vous aime. Voyons :
parlons raison, comme vous dites. N'est-ce
point absurde de ne nous rencontrer que
deux ou trois heures chaque semaine?

Et, comme Sylvie demeurait silencieuse, le
poète, demi-railleur et demi-sérieux, s'en-
hardit jusqu'à lui proposer de se sauver avec
elle au bout du monde. Il lui débita une de
ces tirades longues et passionnées comme il
savait si bien les faire, sur l'âpreté des plaisirs défendus, l'existence solitaire, l'affran-
chissement des âmes. Il parla de l'Orient qu'il
connaissait, vanta son climat toujours égal,
son ciel bleu, ses bouquets de palmiers, ses

eaux fraîches. Beyrouth surtout, petite ville
phénicienne gracieusement posée au bord de
la Méditerranée, comme un nid de mésanges
auprès d'un ruisseau, Beyrouth lui paraissait
le seul lieu de la terre où l'on pût décemment
vivre, quand on avait quelque originalité dans
le cœur et la moindre disposition à la rêverie.

— Là, disait-il, l'homme est le roi de
la terre. Il lui suffit d'un bon cheval pour se
soustraire aux poursuites des jaloux s'ils
viennent le tourmenter. La montagne stérile,
peuplée de chacals et de serpents, lui offre
son refuge !...

— Tout cela est bien tentant, répondit
Sylvie, mais il y a trop de puces !

— Vous y êtes donc allée ?

Sylvie sourit encore et ne parla plus.

Un autre jour, et ce jour-là Anselme avait
raconté à sa maîtresse les amours de Calypso
et de Didon, et il s'était voluptueusement

amusé à décrire les douceurs du tête-à-tête prolongé par le hasard des nocturnes promenades :

— Ne pourrions-nous, le soir, sortir quelquefois ensemble? Nous irions errer tous les deux dans ces quartiers déserts où l'on voit des maisons noires ébrécher l'angle de leurs toits sur le ciel ; les chants des cabarets, détonant à travers les vitres ardentes, nous sembleraient des hurlements de vengeance, et nous chercherions longtemps notre chemin à l'angle des carrefours sinistres où l'on entend parfois des coups de sifflet.

Sylvie secoua la tête.

Un autre jour encore après avoir déclaré que l'amour ne pouvait vivre sans la confiance, il dit :

— Ne me ferez-vous jamais connaître le secret de votre vie?

— Hélas ! non.

7.

— Quoi ! pas même dans six mois, dans un an, dans dix ans? quand nous serons tous deux stupides et cacochymes ?

— Non.

— C'est désolant ! fit Anselme; et Sylvie, touchée au cœur, l'embrassa pour le consoler.

Alors le poëte, de concession en concession, arriva, — qui l'aurait cru ? — à dire le plus grand bien du style épistolaire. Il parla de Mme de Sévigné, affirma qu'elle était femme d'esprit et de talent, convint avec bonhomie qu'il l'avait mal jugée jusqu'alors, puis il demanda à Sylvie s'il ne pourrait pas lui écrire ?

Mais Sylvie redevint laconique.

— Non, dit-elle.

— Cependant, si je vous adressais mes lettres chez... chez un marchand, une amie?

— Non.

— Eh bien ! que ne m'écrivez-vous, ma chère ?

— Non.

— Non ! non ! répéta Anselme.

Et, s'emportant, il se mit à marcher à grands pas, en gesticulant et donnant des coups de pied à son chien, qui se sauvait devant lui en rabattant le pompon de sa queue entre ses jambes. Mais Sylvie ne sembla même pas s'émouvoir. Enfin, comme il la harcelait d'un air de menace et parlait trop haut :

— Avez-vous lu *Fanny* ? lui dit-elle.

— Oh ! vous avez juré de me rendre fou ! s'écria Anselme.

Puis il tendit les deux mains vers elle comme pour la supplier, et enfin, comprenant l'intention du reproche, il alla se jeter sur son divan où il déblatéra longuement contre les romans de mœurs.

XV

Anselme comprit enfin qu'il n'obtiendrait rien de Sylvie, et peu à peu, malgré son serment, il en arriva à désirer la rencontrer, non pour la suivre, ni surtout pour l'aborder en public, mais avec le secret espoir qu'il l'habituerait tout doucement à se relâcher de sa rigueur. Aussitôt il modifia toute sa vie, s'habilla en homme civilisé et se montra partout où la foule se porte. On le vit, tour à tour

de quatre à six heures, traîner sa canne en
mâchonnant son cigare sur la terrasse des
Tuileries, dans la grande avenue des Champs-
Élysées, au bois de Boulogne parmi les équipages d'apparat qui font, au pas, le tour des
deux lacs, et sur le boulevard des Italiens,
dans cet étroit espace qui s'étend entre la rue
Drouot et la Chaussée-d'Antin, confondu
avec les boursiers, les journalistes, les nou-
vellistes, et les femmes de toute sorte qui
passent là pour étaler l'ampleur de leurs toi-
lettes. Le -soir, déguisé en dandy, il alla
s'accouder nonchalamment aux balcons de
l'Opéra, des Bouffes, de l'Opéra-Comique,
du Théâtre-Français, du Gymnase, remontant insensiblement et comme à regret vers
ces quartiers populeux où les femmes du
monde cèdent la place aux courtisanes. La
nuit, il courut les bals officiels, traversa les
salons des ambassades et des ministères,

où personne ne fit attention à lui : puis il se
faufila chez les banquiers et les marchands
enrichis, où on lui demanda *s'il avait quelque chose sur le chantier*, chez les artistes en
renom, où on le regarda de travers, en lui
disant des mots pointus, à cause de ses succès littéraires ; chez les lorettes, enfin, qui
le reçurent à bras ouverts, car elles le con-
naissaient bien, et depuis longtemps, pour
un homme aimable. Mais nulle part Anselme
n'aperçut seulement le bout du petit pied de
Sylvie, et les jeunes femmes se demandaient
quel pouvait être ce personnage fantastique
qui les regardait dans les yeux, et leur faisait
la grimace en pirouettant sur les talons quand
il les avait examinées tout à son aise.

Au bout d'un mois, il rentra chez lui, fatigué, se renferma, déclara qu'il était stupide,
bouda son chien et son singe, rudoya Anaxagoras, écrivit de nombreux sonnets contre

l'amour et roula dans sa tête les projets les plus féroces. Cela le froissait étrangement de ne posséder qu'à moitié sa maîtresse, de sentir entre eux un obstacle dont il ne connaissait pas la cause. Il voulait avoir Sylvie pour lui tout seul, et tous les jours. — Elle risque sa vie! se disait-il, c'est donc qu'elle est malheureuse, et elle n'ose pas agir pour se libérer! J'oserai pour elle, moi. D'ailleurs, je ne puis vivre sans elle, et c'est atroce d'attendre toujours. Et qui me dit qu'elle n'a pas autant d'amants qu'il y a de jours dans la semaine? En vérité, c'est trop commode de venir trouver un homme et de lui dire : — Je t'aime, mais tu ne sauras jamais qui je suis. — Moi, si j'aime, je veux savoir qui. Enfin, je veux être sûr de conserver ma maîtresse, et allez donc courir après celle-ci, s'il lui prend un beau matin le caprice de disparaître!

Ce jour-là, le caniche ayant grimpé sur la

table y prit délicatement un biscuit du bout
des dents, et, pour le manger plus à son aise,
il s'en alla gravement à travers les meubles,
tenant le gâteau dans sa gueule, à la recher-
bhe d'un coin obscur. Anselme regardait ce
manége, et Polémon encore mieux. Il suivit
donc le caniche, en se cachant de colonne en
colonne, et le chien, tout à ses projets de
gourmandise, s'allongeait déjà sous un fauteuil, tenant le biscuit entre ses pattes, quand
le singe sauta dessus, l'emporta à vingt pieds
en l'air sur une corniche et le mangea.

— Ceci est un exemple, dit Anselme,
j'en profiterai. — Mais il réfléchit aux menaces de sa maîtresse. — Bah! toutes les
femmes se vantent! — s'écria-t-il enfin. —
Je serai meilleur juge qu'elle du danger qu'elle
peut courir. Quand je saurai qui elle est, je
verrai bien si les motifs qu'elle a pour se cacher sont valables. C'est, d'ailleurs, un de-

voir pour moi de m'occuper de son bonheur.
Et puis, enfin, elle m'aime trop pour m'aban-
donner.

Il étouffa donc ses scrupules, se promit
d'être prudent, et se jura de ne pas la compromettre.

Le lundi suivant, enchanté à l'idée qu'il
allait enfin éclaircir le mystère qui le préoc-
cupait, il fit comparaître devant lui son serviteur Anaxagoras :

— Inventeur des atomes crochus, lui dit-
il, demain, à onze heures et demie, tu com-
menceras à frotter l'escalier.

— Qui, moi, monsieur ? mais cela regarde
le concierge.

— Veuille te taire, élève d'Anaxymène,
reprit Anselme. Tu frotteras donc l'escalier.
A midi, tu verras monter une dame qui son-
nera à ma porte. Tu la regarderas avec attention en la saluant et te dérangeant pour la lais-

ser passer. Puis, quand je l'aurai fait entrer ici,
tu t'en iras méditer où tu voudras sur la *cause
intelligente créatrice de l'univers*, jusqu'à
quatre heures. A quatre heures, vêtu d'un
costume honnête, c'est-à-dire d'un costume
bourgeois, et non de la livrée à lisérés jaunes,
tu flâneras dans la rue, du côté de la porte,
en traînant tes pas, comme un imbécile qui
bâille aux corneilles en attendant l'heure de
son dîner. Tu ne tarderas pas à voir sortir
la même dame. Tu la suivras de loin, sans
avoir l'air de la suivre et sans te faire remarquer. Tu te rappelleras le nom de la rue et
le numéro de la maison où elle entrera. Tu
reviendras ici, en marchant à grands pas,
pour m'en faire part. Comprends-tu? Je te
donnerai cinq louis si tu réussis. Si tu ne
réussis pas, je te fais manger tout cru par
mon grand perroquet vert.

Tout se passa le lendemain comme Anselme

le souhaitait. Mais quand, à cinq heures, son
domestique rentra, le poëte comprit qu'il
avait échoué dans son entreprise en obser-
vant sa mine piteuse.

— Qu'as-tu fait, misérable? s'écria-t-il.

— Monsieur, j'ai suivi cette dame jusqu'au
milieu de la rue de Sèvres; mais arrivée là,
elle est montée dans un fiacre, sur la place,
et, comme les deux petits chevaux de fiacre
couraient très-vite, je n'ai pas cru devoir
chercher à les rattraper.

— Et quel est le numéro du fiacre?

— Je ne l'ai pas regardé, monsieur.

— Il faudra que je fasse mes affaires moi-
même, dit Anselme.

XVl

Le mardi suivant, Anselme, toujours cos-
tumé en chinois, afin de ne pas éveiller les
soupçons de Sylvie, fit ce qu'il put pour conserver son air habituel ; mais, en dépit de
ses efforts, il fut gauche ; tantôt trop tendre,
tantôt trop gai, ou préoccupé. Sylvie ne s'en
aperçut pas, du moins ne laissa-t-elle pas
paraître sa méfiance.

A peine fut-elle partie qu'Anselme ouvrit

un grand coffre, en tira des habits de ville,
arracha sa robe et ses pantalons de soie, se
rhabilla pendant que le singe gambadait en
poussant des cris de plaisir, et, au bout de
trois minutes, il courait à toutes jambes dans
la rue, avec son chapeau rabattu sur ses
yeux et son manteau flottant sur ses reins, à
l'espagnole. On était encore en hiver, un
crépuscule terne colorait faiblement la cime
des toits, et de larges ombres s'allongeaient
partout, embrouillant les objets éloignés dans
une masse confuse. A deux cents pas de sa
porte, Anselme aperçut devant lui une femme
qui marchait lentement en rasant le bord des
maisons. Il la reconnut aussitôt. C'était elle.

Il n'y a pas de trottoirs dans la rue de
l'Ouest, les réverbères n'étaient pas encore
allumés, et, sur le pavé gras, Sylvie glissait.
Cela fit peine à Anselme. Puis, la peur d'être
découvert le saisit, et il se blottit dans le ren-

trant d'une porte. Mais Sylvie ne se retournait point, et toujours du même pas hésitant,
la robe légèrement relevée, découvrant le bas
de ses jambes, traversant les ruisseaux sur la
pointe des pieds, elle s'en allait droit devant
elle dans la rue déserte, à travers le froid,
l'ombre et le vent.

Elle descendit la rue d'Assas, suivant le
grand mur d'un jardin. Là, de rares passants
la croisèrent ; c'étaient, pour la plupart, des
ecclésiastiques qui rentraient à leurs cou-
vents. Ils la regardèrent de côté en baissant
la tête. Anselme cependant observait toutes
choses autour de lui, et, le manteau sur le
nez, il se tenait à trente pas de sa maîtresse.

Sylvie prit, à droite, la rue du Cherche-
Midi, plus bruyante et plus populeuse ; puis
elle passa devant la rue de Sèvres, tourna à
gauche pour entrer dans la rue de Grenelle ;
puis, à droite encore, pour suivre la rue des

Saints-Pères. Quoique cette dernière rue soit très-étroite à sa naissance, Sylvie, évitant le heurt des passants, put allonger un peu le pas, grâce au trottoir qui lui offrait un chemin commode. Mais, là encore, elle ne se retourna pas une seule fois, pour voir si elle était suivie, ou seulement pour jeter un regard sur les étalages des boutiques. Elles flamboyaient déjà, avec leurs grosses lampes à gaz, et, dans l'ombre de la nuit épaisse, on voyait miroiter les réflecteurs sur les étoffes de soie développées.

A la hauteur de l'hospice de la Charité, la rue des Saints-Pères est macadamisée et descend brusquement, en pente roide. Le pas de Sylvie s'accéléra encore ; cependant elle ne marchait point assez vite pour se faire remarquer. Des équipages tout reluisants lancés au trot, avec des laquais debout par derrière, tournaient tout à coup sur eux-mêmes

pour entrer sous les portes des hôtels ; la rue
s'élargissait, se peuplait des gens *comme il
faut*. A la hauteur du numéro douze, Anselme,
avisant un passant qui sortait de la boutique
d'un marchand de tabac, lui demanda du feu
pour allumer son cigare.

Quoiqu'il commençât à s'habituer au danger, le poëte ne se sentait pas à l'aise. Il
éprouvait l'étrange sensation d'un homme
qui regarde son bien sans oser y porter la
main. Ces petits pieds qu'il avait baisés tant
de fois s'en allaient devant lui, nonchalants,
et il se demandait maintenant si jamais il les
baiserait encore. Cette taille charmante qu'il
aimait tant à enlacer de son bras, il la voyait
se mouvoir sous la mante de velours, et il
se sentait irrité de ne pouvoir l'étreindre. Il
avait des envies démesurées de sauter au col
de Sylvie. Elle traversait alors l'intervalle qui
sépare la rue de Verneuil de la rue de Lille, là

8

où il y a des magasins de libraires et de marchands de dessins, et, comme les omnibus et les fiacres encombraient la voie, elle se tenait serrée le long des murs. Plusieurs voitures vides passèrent en ce moment, et les cochers, retenant leurs chevaux, levaient leurs fouets pour l'inviter à monter dans leurs véhicules ; mais elle ne leur répondait pas. Déjà elle avait tourné l'angle de la rue, traversé le quai Voltaire, et maintenant elle s'avançait sur le pont du Carrousel.

— Il paraît qu'elle ne demeure pas tout près de chez moi, se disait Anselme en retenant les plis de son manteau sur sa bouche. Un vent froid qui remontait le courant du fleuve sifflait à travers les barreaux de fonte du parapet, le pont ployait sous les roues des voitures, et les reflets des candélabres plantés à perte de vue sur les quais enfonçaient dans l'eau noire leurs spirales ardentes. Ce-

pendant des lumières blafardes s'étalaient sur
les nappes liquides qui glissaient rapidement
sous les arches, un bruit d'eaux en tumulte
montait d'en bas comme une sourde clameur ;
les peupliers dégarnis de feuilles, plantés
au pied du quai des Tuileries, froissaient leurs
cimes en exhalant des plaintes lamentables,
et la serinette de l'aveugle accroupi au milieu
du pont-brodait tristement sur cette masse
de sons lugubres une variation aigre et
plaintive. Sylvie ne regardait ni le fleuve
mugissant, ni la fantasmagorie des lumières
dans ses ondes bourbeuses, ni l'aveugle lui-
même, pitoyable pourtant ! ni le Louvre, qui
développait devant elle son grand mur tail-
ladé de sculptures. Tout occupée à traverser
le quai encombré de lourdes charrettes, elle
soulevait sa robe à deux mains pour éviter
les éclaboussures du macadam. Enfin, elle
traversa le guichet de Lesdiguières et, sans

accorder un regard aux statues qui se dressent sur la terrasse du nouveau Louvre, elle entra sur la place du Carrousel.

La persistance qu'elle mettait à ne pas se retourner finit par inquiéter Anselme. On eût dit qu'un instinct surhumain révélait à Sylvie la présence de l'œil qui la guettait à travers l'ombre. Elle marchait la tête penchée sur l'épaule et le voile baissé, et elle méditait avec une sorte d'amertume, en fronçant les sourcils et gonflant les narines. Anselme eût été bien plus inquiet, lui qui la connaissait, s'il avait pu voir le sourire étrange, presque menaçant, qui se jouait sur ses lèvres. Mais, confiant dans le hasard, il finit par secouer ses préoccupations. — Comment saurait-elle que je suis là ? se disait-il.

En traversant la place du Carrousel, presque déserte, il ralentit le pas pour lui laisser un peu d'avance. Les Tuileries, à gauche, étaient

comme éclaboussées de lumières. Ce n'étaient
que rubans de feu, courant d'étage en étage
et de fenêtre en fenêtre, coupés au milieu par
l'arc de triomphe au pied duquel les vedettes
se tenaient immobiles devant leurs guérites
de bois peint. Des voitures filaient à toute
bride derrière la grille, avec leurs lanternes
brillantes, projetées en avant comme des
yeux. On entendait de loin hennir les chevaux et le sable crier sous les roues rapides.
Au sommet du château, le drapeau développait ses longs plis dans les nuages que colo-
raient faiblement les rayons de la lune. Ces
apprêts de fête rappelèrent à Anselme que
l'heure du dîner approchait. —Où diable pren-
drai-je aujourd'hui ma pitance? se dit-il.

Cependant quelques passants se retour-
naient pour regarder Sylvie qui marchait devant les quinconces plantés à droite de la
place ; d'autres lui adressaient un mot, en la

8.

croisant, et Anselme jurait dans sa barbe.
Au moment où elle mettait le pied sur le
trottoir, un homme à l'air un peu débraillé,
qui venait au-devant d'elle, la regarda sous
le nez, puis, faisant volte-frce, il se mit à
l'accompagner, en lui débitant, d'un air gai,
je ne sais quelles paroles que le poëte ne pouvait entendre. Sylvie ne répondait pas à cet
homme. Comme s'il n'eût pas existé pour
elle, ou plutôt comme si elle eût été sourde
et aveugle, elle n'allongeait même point le
pas. Le vent la frappant en travers soulevait
de côté son voile et le bas de sa robe, et elle
s'avançait tranquillement dans la lumière des
candélabres. On eût dit qu'elle sentait Anselme sur ses talons, et qu'elle était heureuse
de lui infliger le supplice de son tourment. Il
se désespérait, en effet, n'osant s'interposer
entre elle et son persécuteur, car le souvenir
de sa menace le tenait en arrière.

Sylvie traversa le guichet de Rohan, puis la rue de Rivoli, et elle entra dans la rue de Richelieu, toujours accompagnée par cet homme qui lui tenait des discours passionnés en la regardant sous le voile. Le nouveau quartier où elle s'engageait était plein de bruit, de mouvement et de monde: A droite, la boutique d'un confiseur étalait sous les abat-jour ses bonbons de couleur empilés dans des coupes de verre, puis un café flambait à l'angle d'un passage obscur; à gauche, le magasin d'un armurier offrait aux yeux des trophées de fusils de chasse. Sylvie fut obligée de descendre sur le pavé, les arcades de Théâtre-Français étant encombrées par une foule d'hommes et de femmes resserrés entre des balustrades de bois et attendant l'ouverture des portes. — Ah çà! demeure-t-elle à Montmartre? se disait Anselme. — Pourquoi s'en va-t-elle ainsi à pied, dans la

boue, quand il lui était si facile de monter en
voiture dès le début de sa course? Cela l'a-
muse donc, d'être ainsi harcelée par cet animal? — Cependant la nuit opaque et glacée
descendait sur les maisons noires où s'allu-
maient les fenêtres à des hauteurs inégales;
des ruelles infectes et sombres, rayonnant
autour de la rue populeuse, fuyaient au loin,
et des femmes aux chapeaux extravagants,
sanglées dans leur ceinture, le nez en l'air,
l'œil provoquant, découvrant leurs mollets
jusqu'aux jarretières, avec du fard sur les
joues, erraient çà et là, cherchant fortune. A
la hauteur de la fontaine Molière, le persécuteur de Sylvie, lassé de son silence, jeta
un regard mélancolique sur ces femmes qui
riaient entre elles, puis il s'arrêta, hésita, regarda Sylvie encore, et enfin, retournant sur
ses pas, il s'enfonça dans une de ces ruelles.
Mais en passant auprès du poète, il reçut

dans les côtes le plus triomphant coup de coude! Sylvie allait toujours.

Elle tourna sur la gauche et entra dans la rue Neuve-des-Petits-Champs, mais l'encombrement des voitures la força de s'arrêter sur le trottoir. Une foule énorme, bruyante, composée d'ouvriers qui rentraient chez eux, les outils sur l'épaule, après avoir fini leur journée, se pressait autour d'elle. Elle parvint enfin à traverser cette odieuse rue où elle frémissait d'impatience, et, poussant devant elle une porte de drap, elle s'engagea dans la galerie du passage Choiseul.

Là, Anselme fut obligé de prendre des précautions infinies pour n'être point aperçu par sa maîtresse. Il y avait très-peu de monde dans le passage, et les vitres des boutiques renvoyaient partout les silhouettes des promeneurs. Sylvie marchait alors d'un pas lent, et sa mante se balançait élégamment

derrière elle. Elle ne paraissait point fatiguée
de cette longue course. On eût dit qu'elle était
à la promenade. Le poëte cependant recom-
mençait à s'impatienter. Plus il allait, plus il
s'excitait en maugréant et parlant tout seul.

— Qui diable s'aviserait, disait-il, de demeurer dans ce quartier? Des bourgeoises!
Mais jusqu'où va-t-elle me mener? Tant
pis! Quand je devrais la suivre pendant
trois jours et trois nuits, sans manger, aussi
vrai que je suis Breton et têtu, je saurai qui
elle est, et ce n'est pas une femme qui aura
raison d'Anselme Schanfara.

Mais Sylvie était déjà dans la rue de Choiseul, elle marchait plus lentement encore, et
Anselme éprouvait cette vague appréhension
qui nous avertit de l'approche des événements. Au milieu de la rue, à droite, dans un
angle rentrant, le bâtiment d'un magasin peu
élevé s'allongeait entre des maisons hautes.

Des équipages se tenaient à la porte, ses larges vitres resplendissaient, et l'on voyait des châles et des pièces de velours déroulées dans toute la longueur de la devanture. Au-dessus, Anselme lut ces mots écrits en lettres d'or : *Maison Delisle*. Sylvie s'était arrêtée. Toujours sans se retourner, elle allongea le bras vers la porte, fit jouer un bouton de cuivre et entra dans le vestibule. Anselme s'était blotti dans l'ombre, entre deux voitures. Quand il vit sa maîtresse pénétrer dans ce magasin, un affreux soupçon lui traversa la cervelle, et il enfonça son chapeau sur ses yeux en jurant à faire frémir. — Ah! massacre et malheur! s'écria-t-il, Sylvie, que je prenais pour une fée, est une demoiselle de comptoir !

XVII

Cependant, tout en se promenant en long
et en large devant la porte vitrée, Anselme
voyait sa maîtresse assise auprès d'une large
table, et des commis aimables, bien mis et
bien rasés, déployaient sous ses yeux des
pièces d'étoffes. Elle tournait le dos à la
porte. — En vérité, se disait le poëte ras-
suré, voilà une heure merveilleusement
choisie pour acheter une robe! — Il n'osait

9

entrer dans le magasin, cependant, car au-
dessus du comptoir, en face de Sylvie, il y
avait un grand miroir qui reflétait son image.
Soudain elle se leva, et, toujours accompagnée par les commis, elle entra dans une galerie qui s'ouvrait à sa gauche et où le regard
d'Anselme ne pouvait pénétrer. Une peur terrible le saisit. Il eut le soupçon d'un piège. Il
entra donc à son tour dans le magasin en rele-
vant le collet de son manteau sur ses oreilles.

Aussitôt quatre commis inoccupés s'avan-
cèrent pour lui offrir leurs services. Il dit
qu'il voulait voir des cachemires, et, tout en
se promenant, les bras croisés, il aperçut de
loin sa maîtresse assise auprès du comptoir
de la galerie. On déroulait alors devant elle
des rubans de satin brodé, et elle les ma-
niait délicatement entre ses doigts gantés de
peau de Suède. Elle tournait toujours le dos
à Anselme.

— Voici, monsieur, ce que nous avons de mieux en châles de l'Inde, lui dit alors un jeune homme élégant, qui portait des manchettes et des bottes vernies.

Et il jetait gracieusement sur un appentis de bois incliné un châle orange à palmes noires.

— *Comme goût,* reprit-il, *comme disposition, comme dessin, c'est parfait. Toutes ces dames viennent le voir. C'est vif ! c'est fin ! c'est moelleux !*

— Il ne me plaît pas, répondit Anselme ; montrez-m'en un autre.

Sylvie marchandait toujours ses rubans. Le commis développait alors devant le poète un châle bleu.

— Je voudrais voir ce châle vert, — dit Anselme.

— *Oh ! celui-là,* dit le commis, *ne le prenez pas, monsieur. C'est un déjeuner de soleil.*

— *Un déjeuner de soleil !* se disait Anselme. Où diable la littérature va-t-elle se
nicher?—Cependant il se crut obligé de regarder le châle bleu. Mais, quand il reporta ses
yeux sur la place où, tout à l'heure encore,
se tenait Sylvie, il vit que la place était
vide.

— Vous avez de grands magasins? dit-il
au commis.

— Très-grands, monsieur.

Anselme, laissant les châles, s'avança au
fond, vers la gauche. Les galeries décrivaient
un vaste rectangle autour d'un jardin planté
de lilas ; les tables et les comptoirs se succé-
daient dans toute leur longueur, avec des
porte-manteaux chargés d'étoffes, et de grosses
lampes descendaient du plafond, à des intervalles réguliers. Anselme, dardant son regard
dans la longueur des galeries, cherchait vainement à reconnaître, parmi les femmes qui

circulaient lentement, la taille élégante de
Sylvie. Tout à coup il se trouva devant une
large porte vitrée. Il l'ouvrit machinalement,
descendit quelques marches, et reconnut avec
effroi qu'il était dans une cour aboutissant à
la rue Sainte-Anne.

— Il y a donc deux entrées aux magasins ?
dit-il au commis, qui le regardait du haut
du perron.

— Oui, monsieur.

— Ah ! je suis pris ! s'écria Anselme.

Et il courut, tout d'une traite, jusqu'au boulevard. Mais il lui fut impossible d'atteindre
Sylvie à travers le dédale des voitures qui se
croisaient sur la chaussée et des passants qui
se poussaient sur le trottoir. Il revint alors
sur ses pas, fureta encore dans la rue, et se
décida à rentrer dans le magasin où l'attendait le commis émerveillé de sa fuite.

— Quel est donc le nom de cette dame qui

était assise à cette place? dit le poëte d'un
air doux.

Le commis sourit en homme qui sait ce que
parler veut dire, et alla s'informer auprès du
caissier. Personne ne connaissait Sylvie dans
le magasin.

— Mais elle a dû faire une emplette et
donner son adresse à la caisse? observa Anselme.

— Non, monsieur. Cette dame a choisi
quatre mètres de rubans qu'elle a emportés
dans sa poche.

— Ah! je suis pris! je suis pris! répéta
Anselme.

Cependant il se crut obligé d'acheter un
objet quelconque pour ne pas laisser de
lui une mauvaise opinion dans une boutique où Sylvie avait bien voulu s'arrêter
quelques instants. Il se décida pour le châle
orange. On le lui fit payer mille écus.

XVIII

Le mardi suivant, Anselme attendit en vain Sylvie, et l'autre mardi également. Elle ne vint pas, et ce fait, sans précédents, rapproché de l'aventure du magasin, terrifia le poëte. Il serait difficile de dire jusqu'où l'emporta sa douleur. Il s'injuriait, il se cognait contre ses meubles, il se battait. — Oh! triple fou! disait-il, pour satisfaire une curiosité pué-

rile, tu as étouffé ton bonheur ! Et qui te dit
que tu n'as pas compromis le repos de ta maîtresse, sa vie peut-être ? C'en est fait ! tu ne
la reverras plus !

Il était désespéré, et, comme personne ne
pouvait le voir pendant qu'il parlait ainsi, il
ne retenait pas ses larmes. Elles tombaient,
une à une, dans sa barbe blonde et, de là, rou-
laient comme des perles sur sa robe de satin.
Tout était triste autour de lui ; sa maison silencieuse ; sa chambre pleine d'ennui. Le
chien, couché sur le ventre et le mufle allongé à terre, semblait réfléchir profondé-
ment, les yeux ouverts, et le singe, assis dans
un coin, se tenant les pieds dans les mains, se
balançait lourdement en poussant de gros
soupirs.

Que faire ? Vainement Anselme chercha
Sylvie à travers les rues. Elle était bien cachée dans l'immense ville. Enfin il se souvint

qu'un jour elle avait apporté à ses animaux des bonbons et des gimblettes enveloppés dans un fragment de journal. Ce journal n'était autre que *l'Union*, et Anselme avait alors naturellement supposé que Sylvie devait être attachée par sa naissance aux principes légitimistes. Il lui en avait même fait la remarque, et Sylvie lui avait répondu en rougissant qu'il avait peut-être raison. Anselme ne se fut pas plus tôt rappelé ce fait, que le désir lui vint immédiatement de correspondre avec sa maîtresse, en envoyant au journal *l'Union* un morceau de littérature quelconque, signé de son nom. Ce morceau, nécessairement, devait toucher le cœur de Sylvie et l'engager à revenir. Anselme n'eut pas besoin de chercher longtemps l'exemple d'un curieux puni de sa curiosité. La fable de *l'Amour et Psyché* lui vint bien vite à la mémoire, et il résolut aussitôt de

9.

composer sur ce sujet, en s'aidant de la nar-
ration d'Apulée, un poëme plantureux et
triomphant qui tirât des larmes aux yeux de
Sylvie, si toutefois elle était encore de ce
monde. Mais une immense difficulté se présenta dès qu'Anselme voulut mettre la main
à son œuvre. Anselme était un romantique
à tous crins, comme on le sait, soucieux
avant tout de l'expression et de la beauté
de la forme ; et l'*Union*, journal académique,
ne pouvait consentir à imprimer un poëme
qui devait rappeler les grandes tournures
et les hardiesses d'exécution des maîtres
de l'école de 1830. L'ingéniosité d'Anselme
lui inspira alors le projet le plus incongru
qu'ait jamais enfanté le cerveau d'un poëte.
Il résolut d'écrire son poëme en beau style,
c'est-à-dire en phrases toutes faites, lardées
des métaphores les plus rebattues et les plus
fausses, des lieux communs les plus nauséa-

bonds, et il y parvint en une nuit, non sans se donner beaucoup de peine.

La fable de Psyché, nécessairement, fut un peu modifiée par Anselme. Il la raccourcit de beaucoup et lui donna un dénoûment qui laissait en suspens la curiosité du lecteur. Au moment où l'Amour, éveillé par la goutte d'huile brûlante tombée de la lampe de Psyché, s'envole par la fenêtre, Psyché, au lieu de se précipiter dans le fleuve, s'arrêtait au bord, et là, à genoux sur le gazon, elle adressait à son invisible époux une prière pathétique, dictée par la douleur et le remords, promettait de ne plus succomber à la curiosité, et menaçait le fils de Vénus de mettre fin à ses jours, s'il ne lui accordait son pardon.

XIX

Aussitôt que le poëme fut écrit, Anselme le porta au journal. Il n'y connaissait personne, il est vrai ; mais comme il ne parla d'aucune rémunération, et que son nom commençait à faire du bruit dans le monde, on ne -fit nulle difficulté pour insérer ses vers, et le jeudi suivant, la feuille aristocratique reproduisait, tout le long des douze colonnes de son feuilleton, l'histoire de *l'Amour et*

Psyché écrite en style de confiseur.

Elle eut un succès fou, un de ces succès quasi scandaleux, qui font le tour de l'Europe en quinze jours. On la lut chez les portiers et chez les rois, dans les mansardes des grisettes et dans les chaumières, sur le siége des cochers de fiacre et sur la souple ottomane des femmes du bon ton ; partout où se rencontrèrent deux yeux capables de déchiffrer les caractères d'imprimerie, la poésie d'Anselme fut dévorée, et, chose rare ! pas une voix ne s'éleva pour troubler d'une critique le concert d'éloges flatteurs qui retentissait de toutes parts. *L'Union* y gagna, du coup, deux mille abonnés : tous les autres journaux qui se publient à Paris en blêmirent de jalousie, et leurs *rédacteurs en chef* firent dire secrètement à Anselme que s'il voulait désormais leur consacrer ses travaux, ils s'engageaient à convenir qu'il avait quelque talent ;

l'Académie elle-même s'émut sous son dôme, et regretta séance tenante de n'avoir pas un fauteuil libre, dans le fallacieux espoir qu'Anselme pourrait dignement l'occuper. Il n'y eut pas jusqu'au *Journal des Demoiselles* qui ne prit part à l'engouement général. Il déclara, par la plume de madame la vicomtesse de Feuillerose, la plus vertueuse de ses rédactrices, qu'Anselme était un jeune homme qui promettait.

Seuls, au milieu de l'allégresse universelle, les amis littéraires du poète se voilèrent la face. Pour eux c'était un des derniers soldats du romantisme qui passait à l'ennemi.

— Il ne manquait pas de talent cependant ! dit l'un deux en terminant le discours, en forme d'oraison funèbre, qu'il crut devoir consacrer à Anselme. Malheureusement, le désir du succès l'a perdu.

Le mardi suivant, Anselme, qui était de-

meuré assez indifférent à ce bruit aussi inat-
tendu qu'insolite, se promenait en long et en
large à travers ses chinoiseries, un peu pâle,
et se demandant si Sylvie avait lu son poëme,
si elle avait compris, et quelle détermination
de sa part s'ensuivrait. Son singe, pendant
ce temps, très-inquiet, allait et venait sur
ses pas en poussant des cris plaintifs, et son
chien, assis gravement sur sa queue, regardait la porte d'entrée de ses yeux fixes,
attendant qu'elle s'ouvrit avec une impatience contenue.

Les dernières minutes avant midi furent
atroces pour Anselme. Il sentait ses jambes si
faibles qu'il fut obligé de s'asseoir au pied du
trône du Bouddha. Enfin, comme le dernier
coup de midi tintait à l'horloge du Luxembourg, la sonnette accrochée à la porte du
poëte vibra bruyamment. Il se leva d'un bond
avec son chien et son singe, et tous trois se

jetèrent sur la porte. Sylvie se tenait sur le palier, comme le premier jour, enveloppée, de la nuque aux pieds, dans sa mante de velours noir. Anselme recula pour la laisser entrer, et, quand elle fut dans la chambre, pendant que Polémon se pendait à l'une de ses mains et que le chien sautait autour d'elle, il la prit par les deux épaules, et, sans articuler une parole, il cacha sa face sous son chignon.

Le chien, cependant, jappait, fou de joie, en faisant des bonds désordonnés par la chambre, et donnant des coups de gueule aux poussahs qui n'en pouvaient mais ; le singe poussait de longs cris perlés qui ressemblaient aux appels des oiseaux sous les feuilles ; mais Sylvie ne partageait pas l'émotion générale. Accablée de caresses, elle demeurait immobile et souriante, avec ses yeux bridés et sa bouche exquise relevée aux angles. On eût dit qu'elle ne comprenait pas

cette émotion. Enfin, elle ôta son chapeau,
sa mante, s'assit sur le divan auprès d'Anselme et lui dit fort tranquillement :

— Pourquoi donc ce grand chagrin ?

— Ah ! méchante ! tu es restée trois semaines sans venir ! tu ne voulais plus revenir ! méchante ! méchante !

Elle ne disait rien et souriait.

— Qu'avez-vous fait pendant ce temps ?
dit-elle enfin.

— Nous agonisions tous les trois, répondit
Anselme. Polémon ne cessait de se plaindre ;
moi, j'avais l'enfer dans le cœur, et le caniche
boudait sa pâtée.

— Pauvre caniche ! dit Sylvie.

Anselme fit la grimace.

— Il ne faut pas m'en vouloir, mon ami,
reprit Sylvie en souriant. J'ai été un peu
malade.

A ces mots, le singe poussa un cri pro-

longé qu'on eût pris pour un éclat de rire, et
Anselme regarda sa maîtresse avec terreur.

— Se moque-t-elle de moi ? se disait-il. Il ne
comprenait pas que Sylvie ne lui reprochât
pas son action. La cause qu'elle donnait à
son absence semblait naturelle. Il se tenait
auprès d'elle, honteux et gauche, cherchant
à pénétrer à quel point elle était sincère.
Enfin, elle le tira par les deux mains :

— Voyons, pardonne-moi ! lui dit-elle.

Pour le coup, Anselme se demanda s'il
n'allait pas devenir fou. Cette coïncidence
entre la violation de son serment et l'absence
de sa maîtresse ; cette autre, entre la publi-
cation de son poëme et son retour, n'étaient
donc que le fait du hasard ? Elle ne savait
donc pas qu'il l'avait suivie ? elle ne l'avait
donc pas aperçu dans la rue, derrière elle, ou
dans ce magasin trop bien éclairé ? Tout
cela était fort étrange. Enfin :

— Pourquoi ne m'as-tu pas écrit ? lui dit-il.

Elle répondit en souriant :

— J'avais peur de me compromettre.

X X

Quand il se trouva seul, Anseime médita longuement. Il ne lui parut pas possible que Sylvie, si elle s'était aperçue de sa poursuite, ne lui en eût pas parlé. On croit aisément ce qu'on désire. Il en arriva à se dire : — Je puis recommencer à la suivre, puisqu'elle ne m'a pas vu. — Oui, ajouta-t-il, sur-le-champ ; — mais si elle me reconnait, cette fois ?

Il fut tiré de sa rêverie par le bruit d'une
bataille que se livraient le chien et le singe.
Entre eux, par terre, était un linge. Le chien
le voulait prendre dans sa gueule, Polémon
avec sa patte ; et tous deux se gifflaient en
criant et en aboyant. Anselme, pour mettre
d'accord ses amis, ramassa le linge. C'était
le mouchoir de Sylvie. Il chercha aussitôt
dans les angles. Il y trouva, délicatement
brodé en soie bleue, un nez avec des mains
devant, dans l'attitude consacrée par les
gamins pour se moquer des personnes.

— Ah ! toutes ses précautions sont bien
prises, se dit-il. Mais qui est-elle ? qui
est-elle ? — Il poussait cette exclamation
vingt fois par jour, maintenant. Ce jour-là il
était si exaspéré qu'elle le conduisit à former
les plus effrayantes suppositions : — la fille
du bourreau peut-être ?

Enfin, comme le caniche et Polémon

jouaient ensemble, après s'être si bien bat-
tus, Anselmo eut une idée qui le fit sourire
de plaisir; et cette idée était nécessairement
la plus baroque de toutes celles qui pouvaient venir à l'esprit d'un homme en pareil
cas. Il l'examina, la tourna, et, se levant
tout à coup : — Oh! grand Jupiter!
s'écria-t-il, puisque tu as créé le roi des
animaux incomplet, il faut bien qu'il em-
prunte l'instinct de ses sujets pour l'aider
dans ses affaires!

Et aussitôt, s'habillant, il s'en alla chez
un marchand d'oiseaux et acheta une chienne.

Cette chienne était toute petite, de la race
des king's-Charles, et fort jolie. Sa grosseur
ne dépassait pas celle du poing d'un boxeur,
elle avait de belles soies noires, des oreilles
pendantes, une queue en plumet et des pattes couvertes de longs poils. Son nez camus
lui donnait, avec ses beaux yeux brillants,

un air d'intelligence extraordinaire. Enfin, comme elle comptait à peine deux ans, elle était remuante et fort gaie. Aussi, dès son entrée dans la maison, le caniche s'empressa-t-il de lui faire la cour au grand déplaisir du sapajou, et la chienne reçut le chien avec les coquetteries habituelles aux personnes trai- tables.

Quand Sylvie revint chez Anselme, elle ne manqua pas de s'extasier devant la petite bête que son amant avait déjà baptisée du nom de *Minute*, à cause de ses proportions lilliputiennes. Elle la prit sur ses genoux, lui passa la main sur le dos, l'embrassa, lui donna du sucre, et l'animal reconnaissant, remuant la queue, se laissa faire. Il en fut de même les mardis suivants. Enfin un jour Anselme, jugeant les relations de Minute et de Sylvie assez intimes pour son dessein, eut soin, en reconduisant sa maîtresse, de

laisser la porte d'entrée entr'ouverte. Puis,
appelant la chienne, il la lança à la poursuite
de la jeune femme, et referma la porte en se
frottant les mains. — Je la tiens maintenant! s'écria-t-il; mais ne livrons rien au
hasard.

XXI

Sylvie, comme Anselme y comptait bien, rapporta la chienne le mardi suivant.

— Croirais-tu que cette pauvre Minute m'a suivie ? lui dit-elle.

— Moi qui la croyais perdue ! fit Anselme d'un air hypocrite.

— A cent pas d'ici, reprit Sylvie, j'entends japper après moi, une bête roule entre mes pieds, je la reconnais...

— Eh bien ! interrompit Anselme, puisqu'elle a préféré ta compagnie à la mienne,
garde-la.

— Je le veux bien, dit Sylvie.

Sylvie, ce jour-là, fut très-calme, ce qui
fit supposer à Anselme qu'elle ne se méfiait
de rien. Cependant le caniche, enchanté
d'avoir retrouvé sa compagne, lui faisait fête.
Il tournait avec elle, en gambadant à travers la chambre, et la chienne, avec des airs
de colère feinte, roulait les yeux et lui mor-
dillait les pattes. Enfin Sylvie partit avec la
petite bête, et, cette fois encore, Anselme, à
peine seul, changea de costume, mais sans
se presser beaucoup. Au moment de sortir,
il appela son chien. Le chien aboyait de joie.
Anselme le fit descendre.

Sylvie avait à peu près une demi-heure
d'avance sur son amant. — Pourvu qu'elle
n'ait pas pris Minute sous son bras ! se di-

sait-il. Heureusement le pavé est sec. —
Le caniche, cependant, fut à peine dans la
rue, qu'il se mit à courir, à sauter les ruisseaux, à pousser des pointes. Mais Anselme
ne l'avait pas emmené avec lui pour son plaisir. S'adressant donc à lui, sur un ton à peu
près semblable à celui qu'emploient les nour-
rices pour parler à leurs *babys :*

— Minute ! où est Minute ? lui dit-il.

Le chien se mit de suite à quêter, et bientôt
il tomba net en arrêt sur une trace, flaira longuement, éternua, médita, et enfin, reportant
le nez à terre, trottina le long du trottoir.
Anselme respira.

Le caniche refit d'abord le chemin que le
poëte avait fait trois semaines auparavant. Il
prit la rue d'Assas, tourna à droite, dans la
rue du Cherche-Midi, puis, toujours sur la
piste, enfila la rue des Saints-Pères. De temps
à autre, il s'arrêtait, regardait son maître, et,

10.

reportant le nez à terre, suivait la trace toute fraiche. — Allons-nous retourner rue de Choiseul ? se disait Anselme.

Le caniche passa franchement devant les rues Saint-Dominique, de l'Université et de Verneuil ; mais, arrivé à l'angle de la rue de Lille, il revint sur ses pas, s'arrêta et regarda tristement de côté et d'autre. Il avait perdu la piste.

— Cherche ! cherche ! mon bon toutou ! disait Anselme.

Le chien flairait le pavé, décrivait des 8 ; enfin, rasant le bord des maisons, il se jeta tout droit dans la rue de Lille. — Oh ! oh ! il paraît que nous brûlons ! dit Anselme.

Tout à coup, arrivé devant la maison qui porte le numéro 135, le caniche redevint hésitant. Mais, après quelques longs circuits, il s'élança contre la porte fermée, et flaira dessous, en poussant des cris plaintifs.

Il faisait nuit, un petit nombre de passants se croisaient sur le trottoir, Anselme prononça encore le nom de Minute, et le chien jappa aussitôt. Anselme lui mit alors la laisse au collier et le fit taire. Puis il avança la main vers le marteau de la porte ; puis il laissa retomber son bras. Toutes les menaces de Sylvie lui étaient revenues à la mémoire. — Elle risque sa vie, se dit-il. Anselme avait presque regret de ce qu'il avait fait déjà, et il se tenait là, le nez contre la porte, occupé à parler tout seul.

Il voulut examiner la maison, et traversa la rue pour la voir dans son ensemble. Elle avait trois étages et présentait, à chaque étage, six fenêtres de façade. Au premier, tous les volets étaient fermés, comme si l'appartement eût été vide. Ils étaient renversés sur la muraille, au second et au troisième, et la lumière des lampes brillait devant quel-

ques fenêtres, à travers les rideaux de mous-
seline. — Comment savoir à quel étage elle
demeure? se dit Anselme. Il n'osait inter-
roger le portier, ni les marchands des environs, dans la crainte de compromettre sa
maîtresse. Longtemps il demeura debout et
immobile à regarder les fenêtres éclairées ;
mais aucune ombre ne se projeta sur les rideaux. Alors, réfléchissant qu'il n'avait aucune raison pour se hâter, il reprit lentement le chemin de sa maison avec son caniche.

XXII

Anselme médita beaucoup les deux jours suivants. Il n'osait s'aventurer dans la rue de Lille, pendant le jour, de peur d'être aperçu par Sylvie ; mais il y rôdait le soir et se crevait les yeux à regarder les fenêtres du numéro 135 sans rien voir qui l'intéressât. Au troisième étage, parfois, passaient devant les rideaux des ombres de femmes et d'enfants ; mais la taille et la tournure de ces femmes ne

rappelaient, même pas de loin, l'élégance
native de Sylvie. — Et puis, elle ne peut être
mère de famille ! se disait Anselme, en se
rappelant la beauté virginale de sa maîtresse.
Au second étage, il n'apercevait jamais rien.
Il est vrai que les rideaux d'étoffe étaient
toujours baissés et ne lassaient passer entre
eux qu'un mince filet de lumière. Le soir du
second jour, Anselme, ne sachant plus que
faire, maugréait chez lui contre sa couardise
et son manque d'imagination quand Polé-
-mon, fatigué de tirer ses pantoufles pour le
faire jouer, se mit soudain à grimper, en s'aidant des pieds et des mains, jusqu'au haut
d'une colonnette ; puis, arrivé au niveau de la
frise très-étroite, il s'y promena gravement,
avec autant de tranquillité que s'il eût senti
sous ses pieds le plancher des vaches; puis,
subitement mis en joie, sans motif apparent,
il sauta sur une lanterne qui pendait à plus

de dix pieds, et qui, sous le choc de son corps, tournoya follement sur elle-même. De là, Polémon sauta encore sur la tête du Bouddha, et enfin, comme s'il eût voulu donner à son maître une dernière preuve d'agilité, il s'élança à corps perdu dans l'espace, et s'en alla tomber gracieusement sur sa niche où il prit entre ses deux mains le bout de sa queue et se mit à la mordiller.

— Si j'avais l'agilité de mon singe! disait Anselme avec envie.

Tout à coup il se leva en sursaut, se frappa le front, sonna Anaxagoras et l'envoya acheter une corde.

Le même soir, à onze heures, Anselme sortit, laissant son chien ronflant au pied de son lit et portant Polémon sous son bras. Il avait mis la corde dans sa poche. En route, le singe, qui trouvait la promenade contraire à ses habitudes, passait sa tête curieuse sous les

plis du manteau de son maître et regardait
autour de lui avec une surprise inquiète. Anselme se dirigeait vers la demeure de Sylvie. Quand il fut arrivé devant la maison, il
explora la rue d'un regard et vit qu'elle était
déserte. Alors, il attacha la corde à la ceinture du singe, puis, le prenant délicatement
dans ses mains, il le plaça au pied du tuyau
de descente des eaux. Et le singe, qui ne ju-
geait pas l'ascension indiquée plus difficile
qu'autre chose, commença à grimper tranquillement, à la grande satisfaction d'Anselme.

Arrivé à la hauteur du premier étage, le
singe hésita, et le poëte secoua la corde. Polémon, aussitôt, s'avança transversalement
sur le bord de la corniche, toucha les persiennes fermées, regarda à travers leurs
lames, et enfin n'apercevant rien qui l'intéres
sât, car il n'y avait pas de lumière dans l'ap-

partement, il tourna vers son maître des regards piteux, comme pour lui reprocher
l'étrange plaisir qu'il prenait à le faire promener au clair de lune. La rue était toujours déserte. Anselme tira la corde du côté
du tuyau de descente pour y ramener Polémon. Polémon obéit à l'impulsion, et, rencontrant sous ses mains le tuyau de fonte, continua son ascencion mélancolique.

Même manége quand il eut atteint le second étage. Cependant, il ne tarda pas à s'y
amuser. Les persiennes étaient ouvertes
comme d'habitude, et l'ingénieux animal
prenait toutes sortes de poses charmantes
pour regarder à travers l'écartement des rideaux dans les chambres éclairées. Mais il
ne reconnaissait rien, car il allait de l'une à
l'autre fenêtre, cherchant toujours. Enfin, par-
venu à la dernière fenêtre de droite, il colla
son œil à la vitre et donna sur-le-champ les

11

signes de l'allégresse la moins équivoque. Il
se haussait, se baissait, se retournait vers
son maître, et poussait ce cri perlé, aigrelet
et doux, si charmant à entendre, mais qu'Anselme trouvait en cette occasion aussi agaçant
qu'insolite. En effet, le poëte savait alors ce
qu'il voulait. Mais il avait beau tirer la corde,
le singe résistait, cramponné à la rampe de
la fenêtre, et criait toujours.

En ce moment un sergent de ville passa de
l'autre côté de la rue, marchant gravement
dans son caban, au bas duquel brillait le four-
reau de son épée, et balançant majestueuse-
ment son tricorne sur son oreille gauche.
Anselme, de peur d'être interrogé sur son
occupation nocturne, lâcha la corde aussitôt,
et, pour se donner une contenance, il tira de
sa poche un étui à cigares, et se mit à frotter des allumettes contre le mur. Le sergent
de ville cependant traversa la rue; se mé-

liait-il? et marcha droit vers Anselme. Mais
en passant sous la fenêtre de Sylvie, son nez
raffla la corde qui pendait et que le singe se-
couait de toutes ses forces. Alors, scandali-
sé de cet incident, il saisit la corde à pleine
main et la tira brusquement. Polémon, surpris, lâcha prise, poussa un grand cri de dé-
tresse et tomba sur les épaules du sergent
de ville.

XXIII

Anselme, fort effrayé, se jeta sur son singe pendant que le gardien de l'ordre public ramassait son tricorne. Le poëte eut bientôt délivré Polémon de sa corde. Il le cacha sous son bras. Le malheureux animal tremblait de tous ses membres et son petit cœur battait à grands coups sur le cœur de son maître. Mais le sergent de ville, malheureusement, entendait assez mal la plaisanterie. Il empoi-

gna Anselme par le collet, et, jurant comme
un possédé, il le somma de le suivre au bureau de police. Anselme y consentit, à la seule
condition qu'on le lâcherait. Le sergent de
ville n'obtempéra pas à cette prière. Il passa
sa main droite sous l'aisselle du délinquant
et l'entraîna en continuant à jurer dans sa
moustache. A peine Anselme eut-il le temps
de jeter, en s'éloignant, un regard sur la fenêtre de Sylvie. Elle était toujours éclairée,
mais aucune ombre ne se projetait sur ses rideaux. On eût dit que Sylvie n'avait rien entendu et ne se doutait pas de l'aventure.

En route, Anselme essaya de corrompre le
sergent au moyen de quelques pièces d'or.
Mais l'autre le malmena, le prenant pour un
conspirateur. Le poëte se laissa donc emme-
ner docilement.

Heureusement pour lui, l'officier de police
était un homme un peu plus traitable que le

sergent de ville. Au premier coup d'œil,
Anselme lui trouva l'air aimable et tolérant,
et il supposa aussitôt qu'il avait des vices.
Cela lui rendit un peu de courage.

— Veuillez faire retirer tout le monde, lui
dit-il, et je vous raconterai mon histoire.

L'officier renvoya ses acolytes dans la pièce
voisine, et Anselme, posant alors Polémon
sur la table, s'exprima ainsi :

— Monsieur, je suis certain que vous êtes
un galant homme et que vous ne me trahirez
pas. Il n'y a ni vol ni conspiration dans mon
affaire. J'aime une personne qui demeure rue
de Lille, numéro 135. Cette personne est
mariée, son mari est fort jaloux. Nous avons
toutes les peines du monde à nous voir. Il
nous est même très-difficile de correspondre.
La petite poste nous est interdite, et nous ne
pouvons nous servir de nos domestiques pour
échanger nos billets doux. J'ai imaginé un

moyen bien simple et bien innocent pour re-
médier à l'inconvénient de compromettre ma
belle amie, et à celui, plus grand encore, de
me priver de ses épanchements épistolaires.
Chaque soir elle dépose une lettre sur sa fenêtre, mon singe va chercher cette lettre à
minuit et en laisse une autre à la place. Mon
amie la prend le matin, pendant que son jaloux dort encore. Voilà.

— C'est fort ingénieux, dit l'officier de police, et cet animal est charmant.

Il se mit alors à caresser Polémon qui ron-
geait le bout d'une plume. Polémon, pour
achever de séduire le magistrat, se mit alors
à danser sur la table avec toutes sortes de
contorsions ridicules.

— Et à quel étage demeure cette dame?
reprit l'officier en riant.

Anselme allait dire au premier, mais il se
rappela que cet appartement n'était point ha-

bité, et il craignit que l'officier ne le sût ou
ne l'apprit. Alors il dit :

— Au troisième.

— Il me reste à vous demander votre nom,
monsieur, dit le magistrat.

— Anselme Schanfara, répondit modeste-
ment le poëte.

Ici, il y eut une véritable explosion de po-
litesse de la part de l'officier.

— Comment, monsieur, c'est vous qui
avez publié, il y a deux mois, dans le journal l'*Union*, un si ravissant poëme ?

Anselme crut que l'autre le raillait, mais
il était fort sérieux.

— Quel dommage qu'il y manque un dénoûment ! reprit-il.

Hélas ! nous le faisons peut-être en ce moment, se disait Anselme.

— Vous pouvez vous retirer, monsieur, dit
enfin l'officier de police. Je suis on ne peut

11.

plus heureux d'avoir fait connaissance avec
un homme de génie tel que vous.

Anselme s'en alla, reconduit jusqu'à sa
porte par le sergent de ville qui avait reçu
l'ordre de constater son identité. Et le lendemain, dans les archives de la préfecture de
police, l'officier, quoique bon enfant, fit mettre un dossier où il était dit que le nommé
Anselme Schanfara, homme de lettres, entre-
tenait une intrigue coupable avec une dame
Tuberculus, âgée de quarante-huit ans et
mère de cinq enfants, qui demeurait rue de
Lille, numéro 135, au troisième étage. Et on
ajouta à ce fait scandaleux que le poète cor-
respondait avec sa maîtresse à l'aide d'un
singe.

XXIV

Le mardi suivant, Sylvio ne vint pas, mais Anselme ne s'en inquiéta guère. — Elle ne m'échappera pas, cette fois, se dit-il. Décidé à jouer le va-tout de son amour pour faire cesser une situation qu'il ne pouvait plus supporter, il s'en alla rue de Lille le lendemain de bonne heure. Mais, en arrivant devant la maison de sa maîtresse, un horrible serrement de cœur le saisit. Les grands rideaux

et les rideaux de vitrage avaient disparu des
fenêtres du second étage, et, à travers les vitres fermées, l'appartement avait un air de
solitude. Anselme, aussitôt, se précipita sous
la porte. Un homme entre deux âges, à figure
fade, balayait la cour en fredonnant un
hymne de Béranger; c'était le concierge.
Anselme l'entraîna à l'écart.

— Aimez-vous les pièces de vingt francs ?
lui dit-il.

L'autre sourit d'un air aimable.

— Prenez donc! fit Anselme, et il lui
glissa cinq louis dans la main. Puis il ajouta :

— Dites-moi le nom de la personne qui lo-
geait au second étage?

A cette question, le bonhomme hocha la
tête :

— Voilà ce que j'attendais, murmura-t-il.

— Voyons! son nom! répéta Anselme avec
impatience.

— Son nom ! son nom ! disait le concierge avec un embarras très-visible.

Enfin, il se détermina tout à coup :

— Madame Polémon.

— Madame Polémon ! s'écria Anselme avec colère. Vous moquez-vous de moi, misérable?

— Non, non, mon bon monsieur, je ne me moque pas. Cette dame a logé ici pendant trois mois, et tout le monde la nommait ainsi.

— C'est une atroce plaisanterie! se disait Anselme. Et où demeure-t-elle à présent?

— Je l'ignore, monsieur.

— Comment, vous l'ignorez? bélître!

— Oui, monsieur. Cette dame a quitté la maison hier, et elle ne nous a pas indiqué son nouveau domicile.

— C'est cela! grommelait le poëte fu-

rieux. Elle est partie pendant que je l'attendais. Elle a choisi le jour de notre rendez-
vous afin d'être plus sûre que je ne pourrais
l'épier.

Et où lui adresserez-vous ses lettres? de-
manda-t-il.

— A la poste restante, monsieur, con-
formément aux ordres que nous avons re-
çus.

Anselme était confondu. Cependant, il essaya de nouveau de confesser le portier, mais
la peine qu'il se donna était absolument inu-
tile. Tout ce qu'il put apprendre, c'est que
Sylvie, annonçant qu'elle partait pour un
long voyage, avait payé son terme d'avance
et vendu tous ses meubles à un tapissier qui
les enleva le jour même.

— Où demeurait-elle avant de loger ici?
dit enfin le poëte machinalement.

— Je l'ignore, monsieur.

— Les domestiques ne vous l'ont donc pas dit ?

— Non, monsieur.

Anselme, voyant qu'il ne pourrait se servir du portier pour retrouver sa maîtresse, voulut alors, par manière de consolation, satisfaire la curiosité qui venait de lui causer tant de tribulations diverses. Il réfléchit avec amertume, pendant que son interlocuteur le regardait de travers, enfin :

— Dites-moi, cette dame recevait-elle beaucoup de monde? des hommes? est-elle... mariée?

À ces mots, comme s'il eût cru que le poëte allait le battre, le concierge fit un saut en arrière, et, plaçant son balai devant lui ;

— Oh ! oh ! mon bon monsieur, s'écria-t-il, vous savez bien que je ne dois pas vous parler de cela. Voilà que votre folie vous reprend.

— Comment, ma folie ? rugit Anselme.

Le portier regagnait sa loge à petits pas, en marchant de biais, le menton sur l'épaule et portant son balai comme une hallebarde.

— Oui, oui ! dit-il, on nous a prévenu.

— Ah ! çà, êtes-vous fou, vous-même ?

— Non, non, mon bon monsieur, je ne suis pas fou, et je sais que c'est vous qui l'êtes. Ne vous mettez point en colère.

— Mais, animal, brute ! ne voyez-vous pas que je suis fort doux ? hurla Anselme.

Et les yeux lui sortaient de la tête.

Le portier était alors arrivé devant la porte de sa loge. Il l'ouvrit prestement et la referma sur lui, au verrou.

Anselme, exaspéré et comprenant que Sylvie l'avait fait passer pour fou afin de neutraliser sa poursuite, cognait à poings fermés contre la porte de la loge, quand une voix brutale s'écria derrière lui :

— Comment, c'est encore vous, monsieur, qui faites du tapage ?

Il reconnut le sergent de ville, et sa colère s'en accrut :

— Ah ! mon cher, flanquez-moi la paix ! Il fait grand jour aujourd'hui, et je n'ai pas de singe !

— Ce n'est point une raison pour ameuter les passants, reprit le sergent. Voyons, cessez de secouer cette porte.

— Alors, faites-la ouvrir, mille tonnerres !

Le sergent de ville fit un signe au portier à travers le vitrage de sa porte. Le portier parlementa.

— Je veux bien vous laisser entrer, vous, mais non ce monsieur, car il me battrait.

— Allons ! éloignez-vous, monsieur, dit le sergent de ville à Anselme.

Anselme, serrant les poings de fureur, se

retira au fond de la cour, et les deux hommes
se parlèrent quelque temps à l'oreille. Quand
leur conversation fut terminée, le portier se
barricada de nouveau dans sa loge, et le sergent de ville, appelant un de ses camarades
qui passait, se mit en devoir, pour la seconde
fois, d'arrêter Anselme.

— Où me menez-vous ? dit le poëte.

— Chez vous, monsieur.

— Mais je ne veux pas rentrer chez moi.

— Il le faut cependant, monsieur. Allons,
pas de réflexions ! Suivez-nous !

Et ils l'entraînèrent.

En route, les deux sergents adressèrent
une foule de représentations amicales au poëte
qui, dans son for intérieur, les vouait au
diable. Quand ils furent arrivés rue de l'Ouest,
pendant qu'Anselme rentrait chez lui, fort
contristé, les deux représentants de l'ordre
public gourmandèrent Anaxagoras.

— Ce jeune homme n'a donc pas de famille ? lui dirent-ils. Comment le laisse-t-on
sortir seul ? Les fous ne doivent pas errer
sur la voie publique, vous le savez bien.

— Ah ! messieurs ! répondit le valet enchanté de l'aventure, mon pauvre maître
n'est pas méchant, mais il me donne bien du
mal ! Non content d'habiter une serre chaude
et de se vêtir en Chinois, il fait sa société
d'un chien et d'un singe. Croiriez-vous qu'il
m'appelle Anaxagoras ?

— Surveillez-le donc ! dirent les sergents
de ville, et ils s'en allèrent.

Le même jour, sur le dossier d'Anselme,
à la préfecture, on ajouta que le poëte était
fou, que sa folie devenait furieuse dès qu'on
prononçait devant lui le mot *mariage*, et,
depuis lors, sans qu'il s'en doutât, toutes les
fois qu'il sortit, il eut trois agents à ses
trousses.

XXV

Ne sachant à quelle divinité de l'Olympe se vouer, Anselme alla le lendemain au bureau du journal *l'Union* et demanda la permission de feuilleter le registre d'abonnements. Mais quand il vit le nom de madame Polémon inscrit en toutes lettres, il eut un véritable accès de rage. — C'est à devenir fou réellement! s'écria-t-il. En regard de l'adresse de Sylvie, on avait écrit : *Envoyer le journal à la poste restante.* — Elle n'a donc pas quitté Paris! se dit Anselme. N'importe! il me reste encore un moyen de la retrouver.

Il résolut aussitôt de se mettre en campagne. Le nouveau plan qu'il avait formé était simple et d'une réussite facile, si toutefois il y a quelque chose de facile dans ce monde si compliqué. Il consistait à se placer en faction rue Jean-Jacques-Rousseau, au guichet de la poste restante, et à attendre là, patiemment, que quelqu'un vînt réclamer les lettres de Sylvie. — Peut-être Sylvie viendra-t-elle elle-même, pensait Anselme, sinon, il me sera facile de suivre la personne qu'elle enverra, et ainsi je ne pourrai manquer de découvrir sa nouvelle demeure.

Le premier jour, il arriva à son poste au moment même de l'ouverture du guichet, et il vit défiler devant lui bien des gens qui ve-

naient là, l'inquiétude sur le front ou l'espoir
épanoui tout au long des lèvres. Mais cela lui
était alors assez indifférent. Vers midi, comme
il commençait à se fatiguer de sa faction, il
entendit soudain l'employé qui disait :

— Voici les lettres de madame Polémon.

Ces paroles lui firent faire un soubresaut,
et, se retournant, il vit une sorte de vieux
Maure, très-maigre, au teint jaune, à barbe
molle et rare, prendre les lettres et les journaux de la main de l'employé et les cacher
sous sa veste. Il le suivit aussitôt, rêvant au
moyen de l'aborder et de le corrompre, et
n'osant cependant lui parler, de peur qu'auprès de lui aussi on ne l'eût fait passer pour
fou ; mais, à peine arrivé dans la cour, le
Maure enfourcha un superbe cheval barbe
qu'un gamin tenait par la bride, et, grave
comme un pontife, les deux mains appuyées
sur la corne de sa selle turque et les genoux

ployés, il s'en alla au pas et sortit de la cour.

— Si je pouvais trouver une voiture ! se
disait Anselme. Malheureusement il n'y en
avait aucune autour de lui. Il suivait cependant le Maure qui cheminait vers la rue
Montmartre. Arrivé au tournant de la rue,
il se dressa soudain sur ses étriers et mit son
cheval au trot. Anselme courait, cherchant
toujours une voiture. En trois minutes il
perdit de vue le cavalier.

Le lendemain, le poète crut devoir prendre ses précautions. Il entra dans la cour de
l'hôtel des postes, conduisant un tilbury
loué chez Brion et attelé d'un cheval enragé
qu'on lui avait recommandé comme un trotteur à longue haleine. Le Maure arriva comme
la veille, à midi, prit les lettres, remonta à
cheval et sortit de la cour. Anselme se tenait
tout prêt. Il le suivit à deux pas. Cette fois,
sans paraître s'apercevoir plus que la veille

de la poursuite d'Anselme, le Maure s'en alla
tranquillement par les rues Coquillière, du
Bouloi, Croix-des-Petits-Champs et de Rivoli. A la hauteur du Louvre, il prit le petit
trot, puis le grand trot, et Anselme faisait
des efforts inouïs pour se faufiler à sa suite
dans le dédale des voitures. En arrivant sur
la place de la Concorde, le tilbury avait déjà
accroché deux fiacres. A l'entrée de l'avenue
des Champs-Élysées, il renversa un invalide.
Le barbe alors, renflant le cou, galopait en
fouettant ses flancs de sa queue, avec des
poses académiques. Anselme ne put le suivre.
La foule courait après lui et le chargeait
d'imprécations. Deux soldats se jetèrent aux
naseaux de son trotteur et l'arrêtèrent. Un
agent de police prit son nom. L'invalide
n'avait pas grand mal, mais il jurait comme
si les roues du tilbury lui avaient rompu
les deux jambes. Quand Anselme fut par-

12

venu à l'apaiser, le Maure avait disparu.

— Rira bien qui rira le dernier ! dit le
poëte se piquant d'honneur. Le lendemain, à
neuf heures, il se tenait à son poste, monté
sur un cheval de sang acheté chez Stephen
Drake, la cravache en main et les talons ar-
més d'éperons fort pointus. Le Maure arriva
à l'heure ordinaire, prit ses lettres et s'en
retourna. Si je ne l'attrape pas aujourd'hui,
se dit Anselme, je serai bien étonné. — Et
voilà les deux cavaliers qui refont le chemin de la veille.

Tout alla bien d'abord. Le barbe trottait et
faisait le beau, s'encapuchonnant dans ses
crins ; l'anglais suivait, rongeant son mors
et tirant le cou d'un air perfide. Mais quand
ils sentirent sous leurs pieds le macadam
de la rue de Rivoli, les deux chevaux al-
longèrent le pas en reniflant. Soudain, au
tournant de l'avenue des Champs-Élysées, le

barbe trouvant devant lui une route bien
large et bien nette prit le galop, et si vite,
qu'on eût dit qu'il s'envolait à travers l'espace.

Anselme eut peur d'être surpris, et fit
une faute. Il rendit tout et piqua. Le pur-sang
aussitôt baissa la tête, chercha la main, s'appuya dessus résolûment et partit à fond de
train pour dépasser son rival. En dix secondes il l'atteignit, en dix autres secondes
il le devança. Anselme avait beau scier, tirer,
desserrer les jambes, rien n'y fit. Il était *emballé*, comme on dit en terme de manège. Je
n'oserais affirmer qu'il perdit la tête, car il
n'en eut pas le temps. Les objets défilaient
autour de lui avec une telle rapidité qu'il en
avait le vertige, et il était plus essoufflé qu'un
cerf, forcé après six heures de course en
ligne droite. Quand le pur-sang s'arrêta,
Anselme était couché par terre, aux environs

de l'arc de triomphe de l'Étoile, et le Maure
avait disparu par une route de traverse.

Le poëte pleurait de rage. On le ramassa.
De bonnes âmes lui offrirent des consolations
et des cordiaux. Un médecin qui se trouvait
là, — il se trouve toujours des médecins juste
à point sur les lieux des accidents, — le saisit
au bras malgré lui, et le saigna sur place.
Anselme se sentait un peu contus, mais il
n'avait rien de cassé. Une écorchure au bout
du nez, un bras foulé, un genou endolori,
tel fut le triste résultat de son aventure. Il
résolut d'en profiter. Il fit insérer dans le
journal *l'Union* une note qui relatait sa chute
en la dramatisant, et annonçait au public que
ses amis craignaient pour ses jours.

XXVI

Le lendemain, à midi, on sonna à sa porte. Il se souleva sur son divan, comme il put, et, clopin-clopant, alla ouvrir. Il savait bien qui venait ainsi, chez lui, à la nouvelle de son accident. En effet, ce fut Sylvie qui tomba dans ses bras, et il l'entraîna dans sa chambre avec une sorte de joie féroce.

— Maintenant, tu ne sortiras plus d'ici ! s'écriait-il, et il l'accablait de caresses.

12.

Mais Sylvie, le premier moment de surprise passé, voyant qu'il l'avait jouée encore
et qu'il était beaucoup moins malade que ne
l'affirmait le journal, se refit aussitôt insensi-
ble comme une statue. Ses yeux étincelaient
et de grands plis descendaient entre ses sourcils sur son front sévère. En vain le chien
vint-il lui lécher les mains, elle le repoussa
brusquement. En vain Polémon lui fit-il ses
plus beaux saluts, elle l'envoya rouler à dix
pas du bout de son petit pied, et elle se
débarrassa en même temps de l'étreinte d'Anselmo.

— Vous êtes des misérables tous les trois !
s'écria-t-elle.

Aussitôt le chien et le singe coururent se
cacher dans la niche, et Anselmo resta là,
les mains pendantes et le front baissé.

— Vous me voyez aujourd'hui pour la
dernière fois, lui dit-elle. C'est vous qui nous

séparez. Jo vous avais prévenu, copendant ;
mais vous vous souciez bien de moi et
de mes peines ! Co quo je prévoyais est arrivé.

Et, comme Anselme demeurait immobile
et silencieux :

— Que direz-vous pour vous justifier? reprit-elle. N'est-ce pas indigne? Il m'a plu de
vous prendre pour mon amant, mais ma vie
vous appartient-elle ? Qui vous a donné le
droit de disposer de moi, de vous enquérir
de mes actions, de m'épier comme si vous
étiez mon mari? Allez! vous êtes tous les
mêmes ! Vous ne pouvez vous contenter d'être
aimés ! Il vous faut tout connaître, pour tout
posséder, pour tout diriger à votre caprice.
L'indépendance, chez la femme qui a fait la
folie de se livrer à vous, vous choque et vous
blesse. Si on vous laissait faire, vous finiriez
par nous mesurer l'air pour respirer. Ah!

hommes vains, méchants et sots que vous
êtes ! Répondrez-vous ?

— C'est ta faute, si je t'ai poursuivie, dit
enfin Anselme. Pourquoi manques-tu de confiance en moi ?

— Et qu'avez-vous donc fait pour mériter
ma confiance ? Sans doute, si vous aviez eu
le cerveau moins éventé, je vous aurais dit
mon secret. Mais le moyen de rien confier à
une pareille tête ? Croyez-vous que je ne vous
aie pas senti sur mes talons, la première fois ?
Alors, j'ai été indulgente. Je me suis contentée
de vous infliger la peine de l'absence pendant quinze jours ; mais je ne vous ai point
fait de reproches. Je pensais que vous réflé-
chiriez sur la bassesse de votre action, que
vous vous repentiriez. Épier une femme ! mais
non !...

— Pourquoi m'as-tu fait passer pour fou ?
dit Anselme.

— Et ne l'êtes-vous pas? reprit-elle. Exa-
minez-vous donc! Vous vivez à Paris comme
on vit en Chine, bien! Vous faites votre unique société de deux animaux, très-bien!
Vous agissez constamment au rebours des
autres hommes, parfait! Pour un rien, vous
le dites du moins, vous mettriez le feu aux
quatre coins de la terre. Le mariage, la loi,
les convenances, vous critiquez tout cela,
comme si vous aviez la sagesse du bon Dieu
pour vous tout seul. Une telle conduite est-
elle faite pour me donner de la confiance? Je
comprends que l'homme gouverne la femme,
mais c'est à condition qu'il lui fera sentir sa
supériorité intellectuelle. Je comprends aussi
la fantaisie dans l'art, mais quel bien peut-on
retirer de la bizarrerie érigée en principe
pour la conduite de la vie? Vous me direz:
Byron allait au théâtre avec un ours. Je vous
réponds: Il faut imiter Byron dans la hauteur

de ses œuvres, et non dans ses ours. Enfin, il me semble qu'on peut avoir l'horreur du commun et mener une existence simple et tranquille. Quoi que fasse un homme de mérite, il ressemblera toujours aux autres hommes, à ceux que vous nommez *les bour- geois*, par quelque côté. Croyez-vous leur res- sembler moins, en vous donnant tant de peine? Vous vous rapprochez d'eux, et de beaucoup, par la futilité de vos amusettes.

Ici, Anselme fit un geste de répulsion vio- lente; mais Sylvie ne lui laissa pas le temps de parler.

— Enfin, vous aimez une femme, conti- nua-t-elle. Vous le dites, du moins. Elle vous aime. Elle vous a donné des preuves irrécusables de son amour. Elle n'est pas gê- nante pour vous. Elle vous laisse libre. Elle ne vous heurte pas dans vos goûts. Elle n'est pas un bel esprit. Elle ne s'occupe pas d'affaires d'argent. Elle ne fouille pas dans vos tiroirs. Elle n'a jamais d'attaques de nerfs. Elle est belle, vous le dites encore. Elle ne vous tient pas à distance avec un air méprisant. Elle n'a rien ni d'une coquette, ni d'un ange. Elle est enfin très-mystérieuse. Il y a un grand secret dans sa vie, ce qui doit vous plaire. Et, comme un bêta d'enfant qui casse son joujou pour voir ce qu'il y a dedans, vous risquez de la perdre pour savoir comme elle s'appelle! Croyez-vous que je n'aie pas reconnu les aboiements du chien sous ma fenêtre et les cris de joie de votre singe sur mon balcon? Il paraît que vous me chassez à la trace, comme une bête. Est-ce l'acte d'un homme sensé, ou d'un fou?

De temps à autre, pendant ce monologue, le singe et le chien passaient leurs têtes craintives par la porte de la niche. Mais voyant que Sylvie grondait toujours, ils se

rejetaient en arrière, précipitamment. Anselme, comme eux, honteux, ne trouvait rien
à répondre. Sylvie reprit enfin, en adoucis-
sant ses regards :

— Sans compter que vous me faites de la
peine ! Moi qui suis bonne pour vous, qui
vous aime de tout mon cœur, vous me rendez
malheureuse !

— Oh ! pas cela, Sylvie ! s'écria Anselme.
Pas cela ! ou tu me feras mourir !

— Si ! je dois parler de cela ! car c'est en
cela qu'est le fait le plus reprochable de votre
conduite.

— Eh bien ! montre-toi généreuse et n'en
parle pas. J'ai été assez puni. On m'a arrêté
avec mon singe. On m'a cru fou, et on m'a
reconduit chez moi pour me faire une avanie
devant mon domestique. Je l'ai vue suivie
par un misérable sans pouvoir te débarrasser
de lui. J'ai été obligé d'écouter un commis

de magasin, qui me débitait d'odieuses métaphores, et m'a fait payer mille écus un châle
orange. Je suis resté des quinzaines et des
mois sans te voir. J'ai écrit un poëme atroce
qui m'a brouillé avec mes amis et m'a fait
passer partout pour un classique. J'ai manqué tuer Polémon. J'ai fait d'interminables
factions dans la cour des postes. J'ai suivi un
Maure par trois fois, accroché deux fiacres,
écrasé un invalide. J'ai acheté un cheval de
sang huit mille francs. Il m'a emballé, m'a
jeté par terre. Un médecin m'a saigné de
force, et je me suis fait au nez une écorchure...

Sylvie ne put s'empêcher de rire. Aussitôt
le singe et le chien s'élancèrent de la niche,
et le singe, empoignant à deux mains la queue
du chien, tendit les bras, s'arc-bouta sur les
reins et fit tourner en rond la pauvre bête. —
Anselme s'avançait cependant pour embras-

ser sa maîtresse, mais elle le tint à distance
et se refit un visage sévère.

— Non. Cela n'est plus possible, s'écria-
t-elle. Je m'expose trop avec vous. Je n'aurais plus de sécurité, maintenant. Je ne dor-
mirais plus. Chaque jour, je me dirais : Il
me poursuit encore. Le bonheur ne peut
exister qu'avec la tranquillité. Vous avez dé-
truit la mienne.

— Ah ! Sylvie ! fit Anselme avec chagrin. Je le vois bien, tu es mariée. Un
autre...

— Et quand cela serait ! dit-elle en levant
le front. Avez-vous bien le droit de me le
reprocher ?

– Allons ! j'accepterai tout, dit Anselme,
mais pardonne-moi. Que faut-il faire, pour
que tu me pardonnes ?

Sylvie se défendit encore quelque temps.
Enfin, Anselme ayant juré de réparer ses

torts par une obéissance exemplaire, Sylvie pardonna en pleurant. Elle lui disait :

—Crois bien que je suis très-affligée de me cacher de toi. Mais j'y suis obligée. Si tu savais ! si tu pouvais savoir ce qui m'y force, tu me plaindrais.

En même temps, elle essuyait ses larmes, et Anselme , qui se sentait lâche de céder ainsi à une femme, détournait la tête en soupirant.

XXVII

A partir de ce jour, il se fit une soudaine
réaction dans l'esprit d'Anselme. La leçon
qu'il avait reçue était dure, et la crainte
de perdre Sylvie le tenait si bien maintenant
qu'il exagérait son devoir et dépassait sa
promesse. Il fuyait dans la rue les grandes
femmes à tournure élégante; les brunes lui
devinrent des sujets de terreur, et il fermait
les yeux pour ne pas les regarder. En même

temps, comme il avait un vague soupçon sur
la sincérité de Sylvie, il pensa que quelque
chose dans sa conduite ou dans ses manières
déplaisait peut-être à sa maîtresse, et, dans
l'espoir de la toucher, le voilà qui se fit soudain raisonnable et sage, prêchant maintenant les théories les moins subversives et les
plus terre-à-terre ; allant, en littérature, jusqu'à trouver J.-B. Rousseau pittoresque,
Racine amusant, Casimir Delavigne inventif,
l'abbé Delille profond, Gustave Planche
excellent critique, Béranger grand poëte, et
Fénelon original. Il disait, qui l'aurait cru?
que M. Scribe était un grand homme, An-
quetil un historien, et Paul Delaroche un
peintre.

— Trop de zèle ! trop de zèle ! faisait ob-
server doucement Sylvie. En politique, Anselme vanta le juste-milieu et les doctrinai-
res ; dans les questions de morale, il descen-

dit au niveau des universitaires ; en religion,
il se rangea du côté de MM. de Montalem-
bert et de Falloux. Tout ce qui était faux,
commun, mesquin, vulgaire, il se mit subitement à le louer, au grand ébahissement de
sa maîtresse.

En même temps, il débaptisa ses commensaux. Anaxagoras redevint Anatole, Polémon
s'appela Jocko, le chien se nomma Azor. Puis
il ôta de son appartement les chimères, les
dragons et les lanternes, mangea des beefs-
teaks au lieu de gingembre, se rasa la barbe,
porta des favoris de notaire, quitta son costume de Mantchou, et, tout vêtu de noir,
avec une cravate blanche qui lui sciait le cou,
la moustache cirée, les cheveux pommadés,
un beau jour il se présenta, ainsi transformé,
devant Sylvie qui poussa un cri d'horreur.

Son intention, cependant, la toucha jusqu'aux larmes.

— Mon pauvre Anselme! lui dit-elle, je vois bien enfin que tu m'aimes réellement. Mais, je te le demande, reprends ta figure et ton esprit. Tu ressembles maintenant à tout le monde. Je t'aime bien mieux en Chinois.

XXVIII

Anselme reprit ses habitudes et ses ma-
nies, mais il devint triste, et, sans tourmenter Sylvie, sans lui reprocher rien, il
s'alanguit. La monotonie l'avait pris aux cheveux et ne lui laissait pas un moment de
trève. Sylvie s'aperçut de ce nouveau changement avec une sorte de satisfaction inté-
rieure. Les femmes aiment assez à constater
les effets de leur pouvoir sur leurs maîtres,

13.

même quand ces effets sont pitoyables. Néanmoins, comme celle-ci était charitable, elle se
fit plus tendre, plus attentive et plus caressante. Elle vint plus souvent chez Anselme.
Elle y passa des journées entières, s'intéres-
sant à ses études et à ses travaux, les diri-
geant en quelque sorte, et communiquant à
l'âme du poëte quelque chose de son caractère tendre et secrètement railleur. Mais toutes les prévenances de Sylvie, et même ses
visites plus fréquentes, ne suffirent pas à Anselme. Il y avait une tache dans son bonheur,
et cette tache grandissait chaque jour.
L'amour, en se fortifiant en lui, — comme il
arrive souvent, — épurait ses désirs, et le
jeune homme maintenant, faisant de pudi-
ques retours sur lui-même, redoutait de connaître la vérité qu'il avait tant cherchée jadis,
et faisait des efforts inouïs pour conserver
ses doutes. Bientôt le secret de Sylvie, qui

avait contribué à la faire aimer, lui apparut
comme une chose horrible, et, lui, le fanfaron de vice d'autrefois, il en arriva à se dire
qu'un homme est bien malheureux de ne pas
savoir s'il doit estimer la femme qu'il aime.

Sa tristesse en vint enfin à ce point que
Sylvie crut devoir se détendre encore de sa
rigueur. Elle lui dit qu'un événement heureux était survenu dans sa vie, que désormais elle aurait un peu plus de liberté, et
qu'elle en voulait profiter pour louer une
maison de campagne aux environs de Paris,
afin de recevoir son amant chez elle à son
tour. Mais Anselme serait obligé de prendre
bien des précautions pour ne pas la compromettre, et surtout il ne devrait pas s'étonner
si les habitudes de sa maison lui semblaient
étranges et mystérieuses. Elle ne pouvait ou
n'osait encore lui révéler le motif de ses ter-
reurs, elle le suppliait de prendre patience. Il

apprendrait tout quelque jour, et il lui par-
donnerait alors sa conduite. Anselme, en écoutant cette demi-confession qui ne lui appre-
nait rien du tout, ouvrit des yeux énormes,
mais il n'y répondit pas un mot.

Cependant il ne se consola pas, et, quoiqu'il n'eût pas la moindre idée de confier à
personne le sujet de ses préoccupations, il en
passa quelque chose à travers les lettres que,
chaque semaine, il écrivait religieusement à
son père. Le bonhomme s'en émut au fond
de sa province. Il n'avait jamais rien compris au caractère extravagant de son fils ;
mais, le sachant heureux, il ne s'en inquiétait guère. Sa misanthropie précoce l'affligea
et l'inquiéta. Il interrogea Anselme qui lui
répondit des contes en l'air. Il lui proposa de
voyager ou de se marier, et le poëte accueil-
lit ces deux propositions par un refus formel.

Alors, de plus en plus effrayé, le père voulant connaître la vérité se décida à venir à Paris. Anselme n'essaya pas de l'en dissuader, comptant sur sa présence pour se distraire, et, de peur que Sylvie ne lui fît des objections, il ne lui parla pas de l'arrivée prochaine de son père.

Mais, comme il ne pouvait le loger chez lui, il se mit à chercher un appartement dans son quartier, sur le quai et aux environs, dans les rues de Verneuil et de l'Université. Il ne trouva rien qui lui convînt. Il résolut alors de pousser ses recherches un peu plus loin, et bien lui en prit, comme on va le voir, car, au moment où il était le plus triste et le plus découragé, le hasard consentit à se mêler de ses affaires.

Un matin, vers midi, Anselme avait déjà parcouru la rue Saint-Dominique dans toute sa longueur, et il était arrivé tout près de l'esplanade des Invalides, après avoir visité

quelques appartements vides, d'autres habi-
tés, et successivement il avait traversé le logis
fade et vieillot d'une douairière, celui presque musqué d'un chevalier de Saint-Louis,
et celui d'un employé qui menait bon train,
grâce à l'humeur complaisante de son épouse,
lorqu'un grand écriteau, portant ces mots :
Appartement à louer, vint frapper ses regards. Il entra dans la maison, au fond de
laquelle il y avait un petit pavillon du siècle
dernier, avec des plafonds élevés, de larges
fenêtres, un escalier de pierre, et il demanda
à le visiter. Chemin faisant, la portière lui
dit que ce pavillon était encore occupé, mais
qu'on pourrait s'y installer dans la quinzaine.
Anselme allait à la suite de la femme et ne
disait rien. Arrivé au premier étage, il sonna,
une femme de chambre vint ouvrir et la portière redescendit. Anselme commença à errer
à travers l'appartement, qui était somptueu-

sement meublé à l'orientale, avec de riches
tapis et de larges divans appliqués contre les
murs. Il ne put s'empêcher de s'arrêter dans
le salon devant un beau portrait de vieillard
en costume persan, à longue barbe blanche, et il s'extasiait complaisamment sur l'air
de douceur et de tolérance de sa physionomie,
lorqu'un murmure de voix féminines vint caresser son oreille. Ces voix étaient celle de
la femme de chambre qui, soulevant la dra-
perie d'un boudoir, demandait à sa maîtresse
la permission d'introduire le visiteur, et celle
de la maîtresse qui accordait cette permission.

Anselme se sentit troublé en entendant ces
voix. Il y a toujours, même pour les amou-
reux, quelque chose de doux et d'attrayant
dans la parole d'une femme, et celle qui
avait prononcé les derniers mots d'ailleurs
ne lui semblait pas inconnue. Cependant, sur

l'invitation de la femme de chambre, il souleva, à son tour, la portière du boudoir et il entra dans une petite pièce tapissée du haut en bas de cachemires, avec une fenêtre dont les volets clos laissaient filtrer à peine un mince filet de jour. Anselme, qui venait du dehors, eut beau cligner les yeux, il ne distingua rien que de confus, tout d'abord, autour de lui. Enfin il aperçut, auprès de la fenêtre, la jupe d'une femme, puis ses deux mains qui dévidaient un peloton de laine. Cette femme ne disait rien. Tout à coup le vent écarta l'un des volets et la lumière entra à flots dans la chambre. Anselme portait ses yeux en même temps sur le visage de la jeune femme. Il ne put retenir un cri de terreur. Il avait reconnu Sylvie !

Aussitôt il se rappela la menace qu'elle lui avait faite le jour de leur première entrevue, et qu'il avait si follement bravée depuis, à son grand regret : « *Si jamais vous cherchez à savoir qui je suis ; si seulement, me rencontrant dans la rue ou n'importe en quel endroit, vous avez l'air de me reconnaître, vous ne me reverrez plus. Je disparaîtrai subitement et vous ne pourrez jamais me ressaisir. Je serai morte pour vous.* » Il se maîtrisa donc, s'appuya au mur, et, sans parler, il resta là après avoir salué vaguement, comme si c'était pour la première fois qu'il se trouvait en présence de sa maîtresse.

Elle aussi le regardait, et, pâle comme lui, mais avec les sourcils froncés, elle demeurait immobile. Enfin elle comprit si bien la terreur de son amant, qu'elle changea soudain de physionomie et dit de sa voix douce et railleuse :

— Bonjour, monsieur Anselme.

Puis elle renvoya d'un signe sa femme de chambre, et les deux jeunes gens restèrent seuls dans la petite pièce où le soleil maintenant allongeait une grande bande d'or poudroyante à travers l'ombre.

Anselme, tremblant comme un enfant qui s'éveille en sursaut dans une chambre obscure, s'était laissé tomber sur un siége. Il lui semblait que sa vie s'écoulait dans une sourde défaillance, et, se mordant les lèvres, il faisait des efforts inouïs pour dominer son effroi. Enfin il dit :

— Je vais te perdre, n'est-ce pas?

— Hélas! qu'as-tu fait? s'écria Sylvie.

— C'est le hasard qui a tout fait, reprit Anselme. Je cherchais un appartement pour mon père qui vient habiter Paris...

— Est-ce bien vrai? dit Sylvie.

— Oh! ne doute pas de moi.

Quelque temps, ils restèrent en présence, Anselme assis, Sylvie méditant d'un air dépité et regardant le visage de son amant, pour pénétrer sa pensée intime. Enfin, elle se leva, s'assit auprès de lui sur le divan, lui passa le bras au cou et dit :

— C'est fini. Nous ne pouvons plus être heureux maintenant !

Et elle aussi se mit à pleurer.

— Dis-moi donc pourquoi ! fit Anselme.

Elle secoua la tête, disant toujours :

— C'est fini ! c'est fini !

— Confie-moi au moins ton secret. Laisse-moi te secourir. Les femmes, souvent, s'exagèrent les événements. Songe que je t'aime ardemment, que je donnerais ma vie pour toi. Enfin, je puis te donner un bon conseil. Permets-moi de ne pas te perdre sans te disputer. Je puis triompher dans la lutte. Ma fortune, mon sang, mon intelligence, je mets tout au service de notre amour...

— Eh ! s'il ne s'agissait que d'argent ! dit Sylvie. Mais il s'agit de ton caractère.

— Comment, de mon caractère?

— Tiens, mon cher enfant, dit Sylvie, je vais tout te dire, et pardonne-moi d'avoir tardé si longtemps. Il eût mieux valu que le hasard ne se mît pas contre nous, mais enfin il faut accepter le mal comme le bien, dans cette vie. Si je t'ai imposé la condition de ne pas chercher à me voir, de me fuir, de ne jamais t'enquérir de moi, ce n'était pas qu'il y eût entre nous des obstacles, ou du moins que ces obstacles provinssent de moi. Je suis libre.

Anselme, à ces mots, se leva tout debout, incapable de se contenir.

— Libre! s'écria-t-il.

Et le triomphe éclatait sur son visage.

— Laisse-moi donc parler, dit Sylvie en le forçant à s'asseoir, et ne te presse pas de te réjouir. Mariée à seize ans à un médecin qui aurait pu être mon père et ne fut guère qu'un

père pour moi, qui m'a promenée en Russie,
en Turquie, dans l'Inde et la Perse, j'avais
presque oublié nos usages, et lorsque, il y a
trois ans, je le perdis, enrichie par son immense savoir et la reconnaissance des souve-
rains de l'Orient, je revins dans mon pays,
seule avec un vieux domestique, je m'étais
dit : « Je n'imiterai pas les femmes d'aujour-
d'hui qui prennent un amant tout près d'elles
par position, commodité, convenance, ne
choisissant pas alors et renouvelant la sottise
du mariage ; mais si jamais je rencontre un
homme capable de m'aimer et de m'apprécier,
je serai à lui, et sinon, je mourrai veuve,
sans avoir connu l'amour et sans avoir donné
d'amour à personne. » A vingt-six ans, me
trouvant à Paris, sans famille, sans amis,
sans relations, je ne pouvais guère me gou-
verner que par mon cœur, et tous les hommes
que je rencontrais me semblaient indifférents,

grossiers, bêtes; j'en désespérais. Un jour,
enfin, quelques vers de toi passèrent sous
mes yeux. Ces vers, je ne sais s'ils avaient
un bien grand mérite, mais ils exprimaient
un sentiment que, jusqu'alors, je n'avais
éprouvé qu'en rêve, et ils me tirèrent une
larme. — L'homme qui les a écrits, me
dis-je, doit savoir aimer. J'éprouvai le désir de le connaître, mais c'était bien difficile !
Enfin je fis un coup de tête et je t'écrivis. Moi
qui avais toujours vécu dans la société des
savants, gens graves, austères, prenant tout
au sérieux et de haut dans la vie, et qui me
plaisais à leurs manières douces et simples,
je me figurais que les artistes devaient leur
ressembler, même dans la jeunesse ; qu'un
homme de talent pouvait avoir la simplicité
d'un épicier, que cela n'enlevait aucun mérite
à ses œuvres, et l'image du poëte qui passait
devant mon esprit, chaque nuit, m'apparais-

sait belle comme toi, mais, — ne t'en fâche
pas, Anselme, — plus réellement sérieuse.
Quand je te vis, ne t'emporte pas, mon ami,
j'éprouvai une étrange désillusion. Ta personne était celle d'un archange, mais ton esprit, bien qu'original et très-séduisant, n'é-
tait pas d'un homme.

Ici Anselme, qui ne pouvait se contenir,
l'interrompit encore :

— Oh! mais! tu ne sais pas... s'écria-t-il.

— Je sais, dit Sylvie, que si tu parles
toujours, je ne pourrai pas m'expliquer. Et
elle reprit, avec son étrange sourire :

— Je comprenais la bizarrerie de ton
ameublement, de ton costume, et même cet
instinct qui te fait préférer à la société des
hommes celle de bêtes intelligentes et fidèles ;
mais tes discours, tes paradoxes, tout cela
me parut d'un enfant ; et, pendant que tu faisais faire à ton esprit, devant moi, des exer-

cices d'équilibriste, faisant le féroce, toi qui
es si bon et qui as toutes les vertus d'un *bourgeois*, je me disais : A qui vais-je donner
ma vie ? Toutes les femmes se disent cela,
vois-tu bien, la première fois qu'elles voient
un homme qui leur plaît. Sans en avoir l'air,
elles l'examinent et elles en ont bien le droit !
Je tenais à toi, déjà, pourtant ! un fil me liait
le cœur. Alors je résolus de me contenter à
demi, ne pouvant l'être davantage. Puisqu'il
n'aime que l'étrange, le mystérieux, l'excentrique, il faudra bien lui en donner, me di-
sais-je. Si je me jette à sa tête, comme cela,
les premiers jours il m'aimera pour ma
beauté, puis il ne verra plus en moi qu'une petite bourgeoise, la veuve d'un médecin, à peine
originale, parce qu'elle a vécu dans l'Inde et
qu'elle sait bien porter de beaux costumes,
et il me laissera là pour quelque femme *plus
drôle*. Tais-toi, reprit-elle, je te dis simple-

ment ce que je me disais. Comment le fasciner, en lui apprenant que je suis née à Paris,
rue du Pas-de-la-Mule, que mon père était
magistrat et ma mère fille d'un marchand,
que j'ai quarante mille francs de rente placés
en trois pour cent sur le grand-livre de la
Dette publique, que je surveille ma maison
moi-même et me plais aux moindres détails
de mon ménage, jusqu'au point... ma foi, tant
pis ! je dirai tout aujourd'hui, jusqu'au point
de faire moi-même mes confitures? Je me fis
donc bizarre pour te plaire. Moi qui joue si
bien du piano, j'appris à jouer de la *cithra*,
en trois mois, en travaillant six heures par
jour, et, vraiment, c'est bien difficile ! moi qui
chante si bien, dit-on, la musique de Rossini,
j'appris les romances des Tsiganes ; j'aimai
ton singe, qui est du reste fort gentil, je lui
portai des brioches ; je me pliai à toutes tes
excentricités, au point de me déguiser pour

14

toi, comme si nous étions toujours en carna-
val; que dis-je? je m'épilai, je me teignis
les yeux et les sourcils; j'aurais rasé mes
cheveux, qu'on trouve si beaux, pour te plaire.
Et enfin, moi qui ne demandais à Dieu qu'un
bon mari, bien doux et bien gentil, je me
donnai à toi, sans l'avoir épousé, car, le
moyen de te faire entendre raison sur le mariage! et cela, je le sentais, est très-grave!
Ah! j'ai bien pleuré! va, sans te le dire. Et
que de privations je m'imposai pour t'attacher
à moi! En te laissant entrevoir un drame terrible dans ma vie, un obstacle effrayant,
j'étais sûre de t'éblouir; tu devais me prendre
pour l'impératrice de Cochinchine! mais alors
je ne pouvais pas te voir tous les jours, comme
je l'aurais voulu. C'eût été un contre-sens,
pendant que je m'entourais de tant de mystère! Et alors, chaque jour, renfermée dans
ma chambre, n'osant sortir et filant de la

laine, je me dépitais, je m'ennuyais, je me
disais : Il pourrait être là, cependant! Oh!
que de courage il me fallut pour garder ma
résolution, n'étant conseillée par personne.
C'est donc pour toi que je t'éloignai de moi,
pour conserver ton amour que je me fis
cruelle, pour garder la chère personne que
je t'éloignai de la mienne. Ne m'en veux pas,
Anselme. Ce n'est pas que je n'aime ton état
de poëte; au contraire. Ça me paraît aussi in-
téressant d'écrire des vers sur des pages blanches que de se faire casser la tête en paradant
sur un cheval devant des troupes, en soignant
des malades fort geignants et souvent fort
ingrats, ou en fabriquant de la cassonade. Ce
n'est même pas que ton caractère me déplût.
Tu as une qualité bien rare aujourd'hui et
bien précieuse, n'étant pas hypocrite, mais
enfin tu n'aimes que l'extraordinaire. Ce qui
ressemble à quelque chose au monde te dé-

plaît. Le *convenu* l'horripile ! Maintenant,
mon cher ami, je le sens bien, tu ne vas plus
m'aimer du tout. C'est fini ! c'est fini ! L'impératrice de Cochinchine n'existe plus ! ta
Sylvie n'est qu'une simple bourgeoise. Ne
m'interromps pas, je t'en prie. Tout ce bel
amour, si jeune, si mystérieux, tes ardeurs si
pénétrantes, tes inquiétudes si douces, tout
cela va s'envoler pour ne plus revenir. Oh !
je sais que tu vas te récrier, faire de grands
serments sur Bacchus et Jupiter ; mais cela
ne me convaincra pas. Nous avons rêvé tous
deux, et nous voilà éveillés. Quand je te disais : Si tu me connais, tu me perds, c'est
cela que je voulais dire. Quel malheur, cependant, mon pauvre Anselme ! D'ailleurs, maintenant que tu me connais, je me dois à moi-
même de rompre des liens que tu dénouerais
certainement peu à peu, si je te laissais faire ;
des liens, d'ailleurs, que l'usage, la morale et

les convenances réprouvent. Il y aurait bien
un moyen cependant pour que nous fussions
heureux encore, et plus heureux même! et
tout l'un à l'autre, et toujours, et à tout instant, soit à Paris, dans ta maison chinoise,
si tu le voulais, soit à Beyrouth, que je connais et qui est un endroit charmant, quoiqu'il
y ait beaucoup de puces! Mais, par malheur,
avec toi, ce moyen est impraticable. Il faudrait aller mettre prosaïquement nos deux
noms sur un registre, devant M. le maire,
nous agenouiller devant un prêtre, et je sens
bien que ta dignité d'excentrique s'y refusera
toujours. Soumettons-nous donc au destin!
Embrasse-moi pour la dernière fois, et rap-
pelle-toi qu'il n'a pas dépendu de moi de te
rendre heureux plus longtemps. Cela me cha-
grine pourtant de te quitter, mon pauvre
Anselme!

Tout le temps que Sylvie parla, avec des

14.

intonations de voix d'une séduction infinie, quoique railleuses, et des regards étincelants, Anselme se démena à sa place comme un plaideur qui entend l'avocat de la partie adverse dénaturer tous les faits de son procès sans pouvoir l'interrompre. D'abord, en apprenant que Sylvie était veuve et qu'aucun obstacle ne les séparait, une immense joie fit resplendir son visage, et il ne voulait plus rien écouter, cela lui suffisant ; puis, quand il se vit si cruellement raillé, il voulut essayer de protester pour se soustraire aux critiques qu'il sentait bien mériter un peu ; mais Sylvie ne se laissait pas interrompre et accablait le malheureux, phrase par phrase, sans paraître y mettre de la méchanceté. Alors il se résigna, baissa la tête et se contenta de se mordre les lèvres, de tourmenter ses doigts, de taper du pied et de lancer à Sylvie des regards obliques comme pour lui dire : —

Auras-tu bientôt fini? — Enfin, quand elle eut tout dit, il voulut s'écrier; mais il ne trouva rien, et alors il lui jeta les deux bras au cou, la serra à l'étouffer contre sa poitrine, lui baisant les cheveux, le cou, les oreilles, le front, les yeux, vif, rapide, hors de lui, et lui rendant ainsi en obsessions de caresses le supplice prolongé qu'elle lui avait infligé avec ses railleries. Sylvie, cependant, parvint à dégager sa tête, et alors, avec ses joues rouges et ses yeux brillants, elle le regarda, feignant la colère, mais ne pouvant s'empêcher de sourire. Anselme était à ses pieds.

— Oui, je suis un enfant, lui dit-il, oui, je suis un sot, un âne, une buse, indigne d'une femme telle que toi, malgré l'esprit que tu m'accordes. J'ai vécu un an près de toi sans te connaître, sans t'apprécier, sans te comprendre, me méfiant de toi, t'accusant sou-

vent. Va, redouble tes sarcasmes, trouves-en
d'autres, achève-moi, je suis sous tes pieds,
marche sur ma supériorité intellectuelle.
Elle est jolie, ma supériorité ! Tu m'as fait
tourner comme un *tonton*. Ah ! frottons-nous
donc aux femmes ! La plus simple a des dé-
tours et des ruses pour nous dépister. Je
vois bien dans ton jeu. Tu as consenti à te
donner parce que tu aimais ; mais, en te donnant, tu as voulu simplement avancer des
arrhes à notre amour, te faire désirer davantage, apprécier, me laisser le regret d'avoir
vu en toi une femme ordinaire, de t'avoir
demandée à toi-même sans te rien rendre en
échange que des caresses qui ne me coû-
taient pas beaucoup. Va, je suis corrigé,
maintenant. Le mariage, je l'aime, car c'est
lui qui va nous souder l'un à l'autre maintenant. Mais comment ferai-je pour te regarder
en face ?

— Tu te plaignais de ne pas me voir tous les jours, dit Sylvie; prends garde de trop me voir maintenant.

— Oh! ne m'achève pas, dit Anselme.

Et il la serra sur son cœur.

XXIX

Sylvie ne fit pas grâce d'un zeste de vengeance à Anselme. Elle voulut que le contrat se signât chez lui, un soir. Elle exigea qu'il s'habillât en Chinois, qu'il allumât toutes ses lanternes, et qu'on montât les mécaniques des dragons qui lançaient des flammes vertes par les narines et des flammes rouges par la gueule. Le chien, la chienne

et le singe étaient présents, avec le notaire, fort ahuri, le père d'Anselme qui
ouvrit des yeux stupéfaits, et deux amis
choisis parmi les amis les plus romantiques
du poëte. On dîna, et Anaxagoras, entraîné par l'habitude, et non par malice,
— il était trop bête pour cela, — mit devant
son maître un énorme pot de confitures
de gingembre, ce qui fit beaucoup rire.
Après le dîner, Sylvie, qui avait pris le costume de Syrienne, chanta, en s'accompa-
gnant de la *cithra*, un air gouailleur, qui fut
bissé. Enfin on passa à la signature : Sylvie signa, puis Anselme et les autres. Mais
quand tout fut fini, Polémon, qui avait regardé d'un air fort curieux tous ces gens
griffonnant à tour de rôle au bas d'une page,
sauta sur le dossier de la chaise du notaire,
et quand ce grave officier public eut signé,
le singe lui arracha la plume, et, la pre-

nant à poigne-main, traça sur l'acte son paraphe.

Mars 1861.

FIN

Clichy. — Imp. P. Dupont et Cie. rue du Bac-d'Asnières, 12.

CATALOGUE

DE

MICHEL LÉVY

FRÈRES

ÉDITEURS

ET DE

LA LIBRAIRIE NOUVELLE

PREMIÈRE PARTIE [1]

Nouveaux ouvrages en vente — Ouvrages divers, format in-8
Bibliothèque contemporaine, format gr. in-18 — Bibliothèque nouvelle
Œuvres complètes de Balzac — Collection Michel Lévy, form. gr. in-18
Collection format in-32 — Collection à 50 centimes
Musée littéraire contemporain, in-4° — Brochures diverses
Ouvrages divers illustrés

Tous les ouvrages portés sur ce Catalogue sont expédiés *franco* (contre mandats ou timbres-poste), sans augmentation de prix, excepté les volumes à 1 fr. 25 c. de la Collection Michel Lévy, auxquels il faut ajouter 25 cent. par volume.

RUE AUBER, 3, PLACE DE L'OPÉRA
ET BOULEVARD DES ITALIENS, 15
AU COIN DE LA RUE DE GRAMMONT
PARIS

FÉVRIER — 1873

---

1 Les 2e et 3e parties de ce Catalogue seront envoyées *franco* à toute personne qui en ferait la demande par lettre affranchie.

NOUVEAUX OUVRAGES EN VENTE

Format in-8°

H. DE BALZAC   f. c.
ŒUVRES INÉDITES DIVERSES (formant les tomes 20-21-22-23 des œuvres complètes) 4 vol.............. 24 »

VICTOR HUGO
L'ANNÉE TERRIBLE. 9ᵉ *édition*. 1 vol. 7 50

L'AUTEUR DES
Souvenirs de Mᵐᵉ Récamier
Mᵐᵉ RÉCAMIER, les amis de sa jeunesse et sa correspondance intime.
1 vol............................. 7 50

ERNEST BERSAN
LA RÉFORME INTELLECTUELLE ET MORALE, 3ᵉ *édition*. 1 vol......... 7 50

ERNEST HAVET
LE CHRISTIANISME et ses origines. 2 v.15 »

PAUL JANET
LES PROBLÈMES DU XIXᵉ SIÈCLE. 1 vol. 7 50

DANIEL STERN
HISTOIRE DES COMMENCEMENTS DE LA RÉPUBLIQUE AUX PAYS-BAS. 1 vol.
in-8°............................. 7 50

DAVID-FRÉDÉRIC STRAUSS
Auteur de la Vie de Jésus
ESSAIS D'HISTOIRE RELIGIEUSE ET MÉLANGES LITTÉRAIRES. Traduction de Ritter avec introduction d'E. Renan.
1 vol............................. 7 50

EDMOND HUGUES
HISTOIRE DE LA RESTAURATION DU PROTESTANTISME EN FRANCE AU XVIIIᵉ SIÈCLE, d'après des documents inédits. 2ᵉ *édition*. 2 vol........ 15 »

LE DUC D'ORLÉANS
CAMPAGNES DE L'ARMÉE D'AFRIQUE —1835-1839,—publié par ses fils. Avant-propos de M. le comte de Paris, introduction de M. le duc de Chartres, avec un portrait du duc d'Orléans par Horace Vernet et une carte de l'Algérie. 2ᵉ *édition*
1 beau vol. vélin............. 7 50

LE DUC D'AUMALE
de l'Académie française
HISTOIRE DES PRINCES DE CONDÉ PENDANT LES XVIᵉ ET XVIIᵉ SIÈCLES, avec cartes et portraits, gravés sous la direction d'Henriquel Dupont. 2 v.15 »

M. GUIZOT
MÉLANGES POLITIQUES ET HISTORIQUES.
1 vol............................. 7 50

L. DE VIEL-CASTEL
HISTOIRE DE LA RESTAURATION
tome XIV. 1 vol................... »

DUVERGIER DE HAURANNE
de l'Académie française
HISTOIRE DU GOUVERNEMENT PARLEMENTAIRE EN FRANCE (1814-1848). Tome Xᵉ et dernier. 1 vol....... 7 50

Format gr. in-18
A 3 FR. 50 C. LE VOLUME
C.-A. SAINTE-BEUVE   vol.
LETTRES A LA PRINCESSE.............. 1

GEORGE SAND
NANON. 4ᵉ *édition*................... 1

OCTAVE FEUILLET
de l'Académie française
JULIA DE TRÉCŒUR. 7ᵉ *édition*...... 1

HECTOR MALOT
UN MARIAGE SOUS LE SECOND EMPIRE... 1
LA BELLE MADAME DONIS.............. 1

AMÉDÉE ACHARD
HISTOIRE D'UN HOMME. *Nouv. édition*.. 1

LOUIS DE LOMÉNIE
de l'Académie française
BEAUMARCHAIS ET SON TEMPS. — Études sur la Société française au XVIIIᵉ siècle. *Nouvelle édition*............. 2

ADOLPHE D'ENNERY
LE PRINCE DE MORIA................ 1
* * *
LA DAME AU RUBIS................. 1

LA COMTESSE DASH
LES MALHEURS D'UNE REINE......... 1

EUGÈNE MANUEL
PENDANT LA GUERRE. 2ᵉ *édition*...... 1

MAURICE SAND
L'AUGUSTA........................ 1

H. BLAZE DE BURY
LES MAITRESSES DE GOETHE.......... 1

A. DE PONTMARTIN
LE FILLEUL DE BEAUMARCHAIS. 2ᵉ *édit*. 1
NOUVEAUX SAMEDIS. Tome VIII....... 1

AG. DE GASPARIN
LA CONSCIENCE. 3ᵉ *édition*.......... 1

L'AUTEUR
du Péché de Madeleine
LES NOUVELLES AMOURS D'HERMANN ET DOROTHÉE. 2ᵉ *édition*.......... 1

LE COMTE D'HAUSSONVILLE
de l'Académie française
L'ÉGLISE ROMAINE ET LE PREMIER EMPIRE. 3ᵉ *édition*.............. 5

HENRI HEINE
ALLEMANDS ET FRANÇAIS.............. 1

Format gr. in-18
A 2 FRANCS LE VOLUME
ALEXANDRE DUMAS FILS
L'HOMME FEMME. 40ᵉ *édition*......... 1

ÉMILE DE GIRARDIN
L'HOMME ET LA FEMME.—L'homme suzerain, la femme vassale. 14ᵉ *édition*. 1

OUVRAGES DIVERS
Format in-8°

J.-J. AMPÈRE, *de l'Acad. franç.* f. c.
CÉSAR. Scènes historiques. 1 vol... 7 50
L'EMPIRE ROMAIN A ROME. 2e éd. 2 vol 15 »
L'HISTOIRE ROMAINE A ROME, avec des
plans topographiques de Rome à
diverses époques. 3e édit. 4 vol...30 »
MÉLANGES D'HISTOIRE LITTÉRAIRE ET
DE LITTÉRATURE. 2 vol........12 »
PROMENADE EN AMÉRIQUE. — États-
Unis, Cuba, Mexique. 3e édit. 2 vol.12 »
VOYAGE EN ÉGYPTE ET NUBIE. 1 vol... 7 50
MAD. LA DUCH. D'ORLÉANS. 6e éd. 1 v.. 6 »

LE DUC D'AUMALE
de l'Académie française
ALESIA. Étude sur la septième campagne de César en Gaule. Avec
2 cartes (Alise et Alaise). 1 vol... 6 »
HISTOIRE DES PRINCES DE CONDÉ
PENDANT LES XVIe ET XVIIe SIÈCLES,
avec cartes et portraits gravés
par M. Henriquel-Dupont. 2 vol. 15 »
LES INSTITUTIONS MILITAIRES DE LA
FRANCE. 1 vol............ 6 »

J. AUTRAN *de l'Acad. française*
LE CYCLOPE, d'après Euripide. 1 vol.. 3 »
PAROLES DE SALOMON. 1 vol........ 6 »
LE POÈME DES BEAUX JOURS. 1 vol... 5 »
POÈMES DE LA MER. 1 vol........ 6 »

L. BABAUD-LARIBIÈRE
ÉTUDES HIST. ET ADMINISTR. 2 vol...12 »

H. DE BALZAC
Œuvres complètes — *Environ 25 volumes*
SCÈNES DE LA VIE PRIVÉE. 4 vol....30 »
SCÈNES DE LA VIE DE PROVINCE. 3 vol ..22 50
SCÈNES DE LA VIE PARISIENNE. 4 vol....30 »
SCÈNES DE LA VIE MILITAIRE. 1 vol.. 7 50
SCÈNES DE LA VIE POLITIQUE. 1 vol.. 7 50
SCÈNES DE LA VIE DE CAMPAGNE. 1 v.. 7 50
ÉTUDES PHILOSOPHIQUES 3 vol......22 50
THÉATRE COMPLET. 1 vol........ 7 50
CONTES DROLATIQUES. 1 vol........ 7 50
CONTES ET NOUVELLES. — ESSAIS ANA-
LYTIQUES, 1 vol................ 7 50
PHYS. ET ESQUISSES PARISIENNES. 1 v. 7 50
PORTRAITS ET CRITIQUE LITTÉRAIRE. —
POLÉMIQUE JUDICIAIRE. 1 vol...... 7 50
ÉTUDES HIST. ET POLITIQUES. 1 vol.. 7 50

J. BARTHÉLEMY SAINT-HILAIRE
LETTRES SUR L'ÉGYPTE. 1 vol....... 7 50

L. BAUDENS
Memb. du conseil de santé des armées
LA GUERRE DE CRIMÉE. — Campements,
abris, ambulances, etc. 1 vol...... 6 »

IS. BÉDARRIDE
LES JUIFS EN FRANCE, EN ITALIE ET
EN ESPAGNE. 3e édition. 1 vol.... 7 50

LA PRINCESSE DE BELGIOJOSO
ASIE-MINEURE ET SYRIE. 1 vol...... 7 50
HIST. DE LA MAISON DE SAVOIE. 1 v.. 7 50

E. BÉNAMOZEGH
MORALE JUIVE ET MOR. CHRÉTIENNE. 1 v. 7 50

HECTOR BERLIOZ
MÉMOIRES, comprenant ses voyages
en Italie, en Allemagne, en Russie
et en Angleterre, 1803-1865, avec
portrait de l'auteur. 1 fort vol...12 »

BERRIAT SAINT-PRIX f. c.
LA JUSTICE RÉVOLUTIONNAIRE. — Août
1792. Prairial an III. D'après des
documents originaux. T. 1er. 2e édit. 7 50

E. BEULÉ, *de l'Institut*
AUGUSTE, SA FAMILLE ET SES AMIS.
4e édition. 1 vol.............. 6 »
LE SANG DE GERMANICUS. 3e édit. 1 v. 6 »
TIBÈRE ET L'HÉRITAGE D'AUGUSTE.
3e édition. 1 vol.............. 6 »
TITUS ET SA DYNASTIE. 2e édit. 1 vol. 6 »
LE DRAME DU VÉSUVE. 1 vol...... 6 »

J.-B. BIOT *de l'Acad. des Sc. et de l'Ac. fr.*
ÉTUDES SUR L'ASTRONOMIE INDIENNE ET
SUR L'ASTRONOMIE CHINOISE. 1 vol. 7 50
MÉLANGES SCIENTIFIQUES ET LITTÉ-
RAIRES. 3 vol................22 50

CORNELIUS DE BOOM
SOLUTION POLIT. ET SOCIALE. 1 vol.. 6 »

LOUIS BOUILHET
DERNIÈRES CHANSONS. — Poésies pos-
thumes avec préface de Gustave
Flaubert et un portrait gravé par
Flameng. 1 vol................ 6 »

FRANÇOIS DE BOURGOING
HISTOIRE DIPLOMATIQUE DE L'EUROPE
PENDANT LA RÉVOL. FRANÇAISE. 3 v.22 50

M.-L. BOUTTEVILLE
LA MORALE DE L'ÉGLISE ET LA MO-
RALE NATURELLE. 1 vol....... 7 50

LE DUC DE BROGLIE
VUES SUR LE GOUVERNEMENT DE LA
FRANCE. 1 vol................ 7 50

LE PRINCE DE BROGLIE, *de l'Ac. fr.*
QUESTIONS DE RELIGION ET D'HIS-
TOIRE. 2 vol................15 »

A. CALMON
HISTOIRE PARLEMENTAIRE DES FINAN-
CES DE LA RESTAURATION. 2 vol.15 »

AUGUSTE CARLIER
DE L'ESCLAVAGE dans ses rapports
avec l'Union américaine. 1 vol... 6 »
HISTOIRE DU PEUPLE AMÉRICAIN —
États-Unis — et de ses rapports
avec les Indiens. 2 vol........12 »

J. COHEN
LES DÉICIDES. Examen de la Vie
de Jésus et des développements de
l'Église chrétienne dans leurs rapports avec le Judaïsme. 2e édition, revue, corrigée. 1 vol...... 6 »

OSCAR COMETTANT
LA MUSIQUE, LES MUSICIENS ET LES
INSTRUMENTS DE MUSIQUE chez les
différents peuples du monde. 1 vol.
orné de 150 dessins..........20 »

LE BARON DE NERVO (*Suite*)   f.   c.
LES FINANCES FRANÇAISES SOUS LA
    RESTAURATION. 4 vol. ....30 »
HISTOIRE D'ESPAGNE DEPUIS SES ORI-
    GINES. 2 vol. ....15 »
LA MONARCHIE ESPAGNOLE, SON ORI-
    GINE, SA CONDITION, etc. 1/2 vol. .. 2 »

ADOLPHE NEUBAUER
LA GÉOGRAPHIE DU TALMUD. 1 vol. .. 15 »

MICHEL NICOLAS
DES DOCTRINES RELIGIEUSES DES JUIFS
    pendant les deux siècles antérieurs
    à l'ère chrétienne. 2e *édit.* 1 vol. ... 7 50
ESSAIS DE PHILOSOPHIE ET D'HISTOIRE
    RELIGIEUSE. 1 vol. 7 50
ÉTUDES CRITIQUES SUR LA BIBLE.
    Ancien Testament. 2e *édit.* 1 vol. . 7 50
ÉTUDES CRITIQUES SUR LA BIBLE.
    Nouveau Testament. 1 vol. 7 50
ÉTUDES SUR LES ÉVANGILES APOCRY-
    PHES. 1 vol. 7 50
LE SYMBOLE DES APÔTRES. 1 vol. 7 50

CHARLES NISARD
LES GLADIATEURS DE LA RÉPUBLIQUE
    DES LETTRES. 2 vol. ....15 »

LE MARQUIS DE NOAILLES
HENRI DE VALOIS ET LA POLOGNE EN
    1572. 3 vol. 22 50

LE DUC D'ORLÉANS
CAMPAGNES DE L'ARMÉE D'AFRIQUE —
    1835-1839. — publié par ses fils.
    Avant-propos de M. le comte de
    Paris, introduction de M. le duc
    de Chartres, avec un portrait du
    duc d'Orléans par Horace Vernet
    et une carte de l'Algérie. 2e *édi-
    tion.* 1 beau volume vélin. 7 50

LE COMTE DE PARIS
DE LA SITUATION DES OUVRIERS EN
    ANGLETERRE 1 vol. 7 50

CASIMIR PERIER
LES FINANCES DE L'EMPIRE. 1/2 vol. . 1 »
LES FINANCES ET LA POLITIQUE. 1 vol. 5 »
LE TRAITÉ AVEC L'ANGLETERRE. 1/2 v. 1 50

GEORGES PERROT
SOUVENIRS D'UN VOYAGE EN ASIE-
    MINEURE. 2e *édition.* 1 vol. 7 50

A. PEYRAT
HISTOIRE ÉLÉMENTAIRE ET CRITIQUE
    DE JÉSUS, 4e *édition.* 1 vol. 7 50

A. PHILIPPE
ROYER-COLLARD. Sa vie publique, sa
    vie privée, sa famille. 1 vol. ...... 5 »

L'ABBÉ PIERRE
CONSTANTINOPLE, JÉRUSALEM ET ROME,
    *avec un plan de Jérusalem et
    carte des côtes de la Méditer-
    ranée.* 2 vol. ....15 »

F. PONSARD *de l'Académie française*
ŒUVRES COMPLÈTES. 2 vol. ....15 »

LE COMTE DE PONTÉCOULANT
SOUVENIRS HISTORIQUES ET PARLEMEN-
    TAIRES (1764-1848). 4 vol. ......24 »

PRÉVOST-PARADOL *de l'Acad. franç.*
ÉLISABETH ET HENRI IV (1595-1594).
    2e *édition.* 1 vol. .... 6 »
ESSAIS DE POLITIQUE ET DE LITTÉ-
    RATURE. 3 vol. 22 50
LA FRANCE NOUVELLE. 3e *édit.* 1 v. .. 7 50

EDGAR QUINET   f.   c.
HISTOIRE DE LA CAMPAGNE DE 1815.
    2e *édit.* 1 vol. *avec carte.* 7 50
MERLIN L'ENCHANTEUR. 2 vol. .....15 »

J. DE RAINNEVILLE
LA FEMME DANS L'ANTIQUITÉ ET D'A-
    PRÈS LA MORALE NATURELLE. 1 vol. .. 7 50

Mme RÉCAMIER
COPPET ET WEIMAR. — MADAME DE
    STAEL ET LA GRANDE-DUCHESSE
    LOUISE. Récits et Correspondan-
    ces, par l'auteur des *Souvenirs de
    Madame Récamier.* 1 vol. 7 50
MADAME RÉCAMIER, LES AMIS DE SA
    JEUNESSE ET SA CORRESPONDANCE
    INTIME. 1 vol. 7 50
SOUVENIRS ET CORRESPONDANCE tirés
    de ses papiers. 3e *édition.* 2 vol. ..15 »

CH. DE REMUSAT *de l'Acad. franç.*
POLITIQUE LIBÉRALE, ou Fragments
    pour servir à la défense de la ré-
    volution française. 1 vol. 7 50

ERNEST RENAN *de l'Institut*
LES APÔTRES. 1 vol. 7 50
AVERROÈS ET L'AVERROÏSME, essai his-
    torique. 3e *édition.* 1 vol. 7 50
LE CANTIQUE DES CANTIQUES, traduit
    de l'hébreu, avec une étude sur le
    plan, l'âge et le caractère du poëme.
    3e *édition.* 1 vol. .... 6 »
LA CHAIRE D'HÉBREU AU COLLÉGE DE
    FRANCE. 3e *édition.* Brochure. .... 1 »
DE L'ORIGINE DU LANGAGE. 4e éd. 1 v. . 6 »
ESSAIS DE MORALE ET DE CRITIQUE.
    3e *édition.* 1 vol. 7 50
ÉTUDES D'HISTOIRE RELIGIEUSE.
    6e *édition.* 1 vol. 7 50
HISTOIRE GÉNÉRALE DES LANGUES SÉ-
    MITIQUES. 4e *édition revue.* 1 vol. .12 »
HISTOIRE LITTÉRAIRE DE LA FRANCE
    AU XIVe SIÈCLE. 2 vol. ....16 »
LE LIVRE DE JOB, traduit de l'hébreu,
    avec une étude sur l'âge et le ca-
    ractère du poëme. 3e *édition.* 1 v. . 7 50
QUESTIONS CONTEMPORAINES. 2e éd. 1 v. 7 50
LA RÉFORME INTELLECTUELLE ET MO-
    RALE. 3e *édition.* 1 vol. 7 50
SAINT PAUL. 1 vol. avec carte. 7 50
VIE DE JÉSUS. 13e *édition.* 1 vol. 7 50

D. JOSÉ GÜELL Y RENTÉ
CONSIDÉRATIONS POLIT. ET LIT. 1 vol. 5 »
PENSÉES CHRÉTIENNES, POLITIQUES
    ET PHILOSOPHIQUES. 1 vol. .... 5 »

LOUIS REYBAUD *de l'Institut*
ÉCONOMISTES MODERNES. 1 vol. 7 50
ÉTUDES SUR LE RÉGIME DES MANU-
    FACTURES. — La soie. 1 vol. 7 50
LE COTON. Son régime, ses problè-
    mes, son influence en Europe. 1 vol. 7 50
LA LAINE. 1 vol. 7 50

LE COMTE R. R.
LA JUSTICE ET LA MONARCHIE POPU-
    LAIRE. La Guerre d'Orient. 1 vol. . 3 »

H. RODRIGUES
LA JUSTICE DE DIEU. 1 vol. .... 5 »
LES ORIGINES DU SERMON DE LA MON-
    TAGNE. 1 vol. .... 3 »
LE ROI DES JUIFS. 1 vol. .... 5 »
SAINT PIERRE. 1 vol. .... 5 »
LES 3 FILLES DE LA BIBLE. 1 vol. .... 6 »

BIBLIOTHÈQUE CONTEMPORAINE
ET COLLECTION DE LA LIBRAIRIE NOUVELLE
Format grand in-18 à 3 fr. 50 c. le Volume

CHARLES MARREY vol.
LES DERNIERS JEUNES GENS.......... 1
HENRI NICOLLE
COURSES DANS LES PYRÉNÉES......... 1
CHARLES NISARD
MÉMOIRES ET CORRESPONDANCES HISTO-
RIQUES ET LITTÉRAIRES, INÉDITS.... 1
D. NISARD de l'Académie française
ÉTUDES SUR LA RENAISSANCE. 2e édition. 1
MÉLANGES D'HISTOIRE ET DE LITTÉRAT.. 1
NOUV. ÉTUDES D'HIST. ET DE LITTÉRAT.. 1
SOUVENIRS DE VOYAGE. 2e édition..... 1
LE VICOMTE DE NOÉ
BACHI-BOZOUCKS ET CHASSEURS D'AFRIQ. 1
JULES NORIAC
LA BÊTISE HUMAINE. 17e édition...... 1
LE CAPITAINE SAUVAGE............... 1
LE 101e RÉGIMENT. 41e édition........ 1
LES COQUINS DE PARIS............... 1
DICTIONNAIRE DES AMOUREUX.3e édition. 1
LES GENS DE PARIS................. 1
LE GRAIN DE SABLE. 10e édition...... 1
JOURNAL D'UN FLANEUR.............. 1
MADEMOISELLE POUCET. 2e édition..... 1
LAURENCE OLIPHANT
VOYAGE PIT. D'UN ANGLAIS EN RUSSIE. 1
ÉD. OURLIAC — œuvres complètes
LES CONFESSIONS DE NAZARILLE....... 1
LES CONTES DE LA FAMILLE.......... 1
CONTES DU BOCAGE................. 1
CONTES SCEPTIQUES ET PHILOSOPHIQUES. 1
FANTAISIES....................... 1
LA MARQUISE DE MONTMIRAIL......... 1
NOUVEAUX CONTES DU BOCAGE........ 1
NOUVELLES....................... 1
LES PORTRAITS DE FAMILLE.......... 1
PROVERBES ET SCÈNES BOURGEOISES... 1
SUZANNE........................ 1
THÉÂTRE DU SEIGNEUR CROQUIGNOLE... 1
ALPHONSE PAGÈS
BALZAC MORALISTE ou Pensées de Balzac. 1
ÉDOUARD PAILLERON
AMOURS ET HAINES. 1
THÉO. PARMENTIER
DESCRIPTION TOPOGRAPHIQUE ET STRA-
TÉGIQUE DU THÉÂTRE DE LA GUERRE
TURCO-RUSSE, avec carte topograp..... 1
TH. PAVIE
RÉCITS DE TERRE ET DE MER.......... 1
SCÈNES ET RÉCITS DES PAYS D'OUTRE-MER. 1
***
FLAMEN. 2e édition................ 1
HISTOIRE DE SOUCI. 2e édition...... 1
LES NOUVELLES AMOURS D'HERMANN ET
DOROTHÉE. 2e édition.............. 1
LE PÉCHÉ DE MADELEINE. 5e édition... 1
P. CASIMIR PERIER
PROPOS D'ART..................... 1
PAUL PERRET
L'AMOUR ÉTERNEL.................. 1
LA BAGUE D'ARGENT................ 1
LE CHATEAU DE LA FOLIE............ 1
LES ROUERIES DE COLOMBE.......... 1
LÉONCE DE PESQUIDOUX
L'ÉCOLE ANGLAISE — 1672-1851 — 1
A. PEYRAT
ÉTUDES HISTORIQUES ET RELIGIEUSES... 1
HISTOIRE ET RELIGION.............. 1
UN NOUVEAU DOGME................ 1
LA RÉVOLUTION................... 1

LAURENT PICHAT vol.
CARTES SUR TABLE................. 1
LA SIBYLLE...................... 1
AMÉDÉE PICHOT
LA BELLE REBECCA................. 1
UN ENLÈVEMENT................... 1
SIR CHARLES BELL................ 1
BENJAMIN PIFFTEAU
DEUX ROUTES DE LA VIE............ 1
GUSTAVE PLANCHE
ÉTUDES SUR L'ÉCOLE FRANÇAISE....... 2
EDMOND PLAUCHUT
LE TOUR DU MONDE EN 120 JOURS..... 1
ÉDOUARD PLOUVIER
LA BELLE AUX CHEVEUX BLEUS, 2e édit.. 1
EDGAR POE Trad. Ch. Baudelaire
HISTOIRES EXTRAORDINAIRES......... 1
NOUVELLES HIST. EXTRAORDINAIRES.... 1
ARTHUR GORDON PYM. — EUREKA...... 1
F. PONSARD de l'Académie française
ÉTUDES ANTIQUES................. 1
- P. P.
L'HÉRITAGE DE MON ONCLE.......... 1
L'OFFICIER PAUVRE................ 1
UNE SŒUR....................... 1
UNE VEUVE...................... 1
A. DE PONTMARTIN
CAUSERIES LITTÉRAIRES. Nouv. édition. 1
NOUV. CAUSERIES LITTÉRAIRES. 2e édit. 1
DERNIÈRES CAUSERIES LITTÉRAIRES.2e éd. 1
CAUSERIES DU SAMEDI. Nouv. édition. 1
NOUVELLES CAUSERIES DU SAMEDI..... 1
DERNIÈRES CAUSERIES DU SAMEDI. 2e éd. 1
LES CORBEAUX DU GÉVAUDAN. 2e édition. 1
ENTRE CHIEN ET LOUP. 2e édition.. 1
LE FILLEUL DE BEAUMARCHAIS. 2e édit. 1
LE FOND DE LA COUPE............. 1
LES JEUDIS DE Mme CHARBONNEAU. N. éd. 1
LA MANDARINE................... 1
LE RADEAU DE LA MÉDUSE. 2e édition.. 1
LES SEMAINES LITTÉRAIRES......... 1
NOUVELLES SEMAINES LITTÉRAIRES.... 1
DERNIÈRES SEMAINES LITTÉRAIRES.... 1
NOUVEAUX SAMEDIS............... 8
EUGÈNE POUJADE
LE LIBAN ET LA SYRIE. 3e édition.... 1
ERNEST PRAROND
DE MONTRÉAL A JÉRUSALEM......... 1
EDMOND DE PRESSENSÉ
LES LEÇONS DU 18 MARS. 2e édition... 1
PRÉVOST-PARADOL de l'Acad. franç.
ELISABETH ET HENRI IV (1595-1598).3e éd. 1
ESSAIS DE POLIT. ET DE LITT. 2e édit. 3
LA FRANCE NOUVELLE. 11e édition.. 1
QUELQ. PAGES D'HIST. CONTEMPORAINE. 4
CHARLES BABOU
LA GRANDE ARMÉE................ 2
MAX RADIGUET
A TRAVERS LA BRETAGNE........... 1
RAMON DE LA CRUZ
SAYNÈTES, tr. de l'esp. par A. de Latour. 1
LOUIS RATISBONNE
ALFRED DE VIGNY. Journal d'un poète. 1
L'ENFER DE DANTE, traduction en vers,
texte en regard. Nouvelle édition. 1
LE PARADIS DE DANTE. Nouv. édition. 1
LE PURGATOIRE DE DANTE. Nouv. édit. 1
IMPRESSIONS LITTÉRAIRES.......... 1
MORTS ET VIVANTS............... 1

BIBLIOTHÈQUE NOUVELLE
Format grand in-18 à 2 francs le volume

ÉTUDES CONTEMPORAINES — Format in-18

ŒUVRES COMPLÈTES

DE

H. DE BALZAC

NOUVELLE ÉDITION COMPLÈTE — 45 VOLUMES

1 fr. 25 cent. le volume (*Chaque volume se vend séparément*)

Les œuvres que BALZAC a désignées sous le titre de :
La Comédie humaine, forment dans cette édition...... 40 volumes.
Les Contes drôlatiques.......................... 3   —
Le Théâtre, seule édition complète................ 2   —

COMÉDIE HUMAINE

SCÈNES DE LA VIE PRIVÉE

Tome 1. — LA MAISON DU CHAT QUI PELOTTE. Le Bal de Sceaux. La Bourse. La Vendetta. Madame Firmiani. Une double Famille.

Tome 2. — LA PAIX DU MÉNAGE. La fausse maîtresse. Étude de femme. Autre Étude de Femme. La grande Bretèche. Albert Savarus.

Tome 3. — MÉMOIRES DE DEUX JEUNES MARIÉES. Une Fille d'Ève.

Tome 4. — LA FEMME DE TRENTE ANS. La Femme abandonnée. La Grenadière. Le Message. Gobseck.

Tome 5. — LE CONTRAT DE MARIAGE. Un Début dans la vie.

Tome 6. — MODESTE MIGNON.

Tome 7. — BÉATRIX.

Tome 8. — HONORINE. Le Colonel Chabert. La Messe de l'Athée. L'Interdiction. Pierre Grassou.

SCÈNES DE LA VIE DE PROVINCE

Tome 9. — URSULE MIROUET.

Tome 10. — EUGÉNIE GRANDET.

Tome 11. — LES CÉLIBATAIRES — I. Pierrette. Le Curé de Tours

Tome 12. — LES CÉLIBATAIRES — II. Un Ménage de Garçon.

Tome 13. — LES PARISIENS EN PROVINCE. L'Illustre Gaudissart. La Muse du département.

Tome 14. — LES RIVALITÉS. La Vieille Fille. Le Cabinet des Antiques.

Tome 15. — LE LYS DANS LA VALLÉE.

Tome 16. — ILLUSIONS PERDUES — I. Les deux Poètes. Un grand Homme de province à Paris, 1re partie.

Tome 17. — ILLUSIONS PERDUES — II. Un grand Homme de province, 2e partie. Ève et David.

SCÈNES DE LA VIE PARISIENNE

Tome 18. — SPLENDEURS ET MISÈRES DES COURTISANES. Esther heureuse. A combien l'amour revient aux Vieillards. Où mènent les mauvais Chemins.

Tome 19. — LA DERNIÈRE INCARNATION DE VAUTRIN. Un Prince de la Bohème. Un Homme d'affaires. Gaudissart II. Les Comédiens sans le savoir.

Tome 20. — HISTOIRE DES TREIZE. Ferragus. La Duchesse de Langeais. La Fille aux yeux d'or.

Tome 21. — LE PÈRE GORIOT.

Tome 22. — CÉSAR BIROTTEAU.

Tome 23. — LA MAISON NUCINGEN. Les Secrets de la princesse de Cadignan. Les Employés. Sarrasine. Facino Cane.

Tome 24. — LES PARENTS PAUVRES — 1 La Cousine Bette.

Tome 25. — LES PARENTS PAUVRES — 2 Le Cousin Pons.

SCÈNES DE LA VIE POLITIQUE

Tome 26. — UNE TÉNÉBREUSE AFFAIRE. Un Épisode sous la Terreur.

Tome 27. — L'ENVERS DE L'HISTOIRE CONTEMPORAINE. Madame de la Chanterie. L'Initié. Z. Marcas.

Tome 28. — LE DÉPUTÉ D'ARCIS.

SCÈNES DE LA VIE MILITAIRE

Tome 29. — LES CHOUANS. Une Passion dans le Désert.

SCÈNES DE LA VIE DE CAMPAGNE

Tome 30. — LE MÉDECIN DE CAMPAGNE.

Tome 31. — LE CURÉ DE VILLAGE.

Tome 32. — LES PAYSANS.

ÉTUDES PHILOSOPHIQUES

Tome 33. — LA PEAU DE CHAGRIN.

Tome 34. — LA RECHERCHE DE L'ABSOLU. Jésus-Christ en Flandre. Melmoth réconcilié. Le Chef-d'œuvre inconnu.

Tome 35. — L'ENFANT MAUDIT. Gambara. Massimilla Doni.

Tome 36. — LES MARANA. Adieu. Le Réquisitionnaire. El Verdugo. Un Drame au bord de la mer. L'Auberge rouge. L'Élixir de longue vie. Maître Cornélius.

Tome 37. — SUR CATHERINE DE MÉDICIS. Le Martyr calviniste. La Confidence des Ruggieri. Les deux Rêves.

Tome 38. — LOUIS LAMBERT. Les Proscrits. Seraphita.

ÉTUDES ANALYTIQUES

Tome 39. — PHYSIOLOGIE DU MARIAGE.

Tome 40. — PETITES MISÈRES DE LA VIE CONJUGALE.

CONTES DROLATIQUES

Tome 41. — 1er *dixain*.

Tome 42. — 2e *dixain*.

Tome 43. — 3e *dixain*.

THÉATRE

Tome 44. — VAUTRIN, drame en 5 actes. Les Ressources de Quinola, comédie en 5 actes. Paméla Giraud, comédie en 5 actes.

Tome 45. — LA MARATRE, drame intime en 5 actes. Le Faiseur (Mercadet), comédie en 5 actes (entièrement conforme au manuscrit de l'auteur.)

ŒUVRES DE JEUNESSE
DE H. DE BALZAC
NOUVELLE ÉDITION COMPLÈTE — 10 VOLUMES
1 fr. 25 cent. le volume (*Chaque volume se vend séparément*)

ARGOW LE PIRATE	1 vol.	L'HÉRITIÈRE DE BIRAGUE	1 vol.
LE CENTENAIRE	1 —	L'ISRAÉLITE	1 —
LA DERNIÈRE FÉE	1 —	JANE LA PALE	1 —
DOM GIGADAS	1 —	JEAN-LOUIS	1 —
L'EXCOMMUNIÉ	1 —	LE VICAIRE DES ARDENNES	1 —

OUVRAGES DIVERS

J. AUTRAN *de l'Acad. franç.* f. c.
LABOUREURS ET SOLDATS. 2e éd. 1 v. 5 »

THÉODORE DE BANVILLE
ODES FUNAMBULESQUES. *Nouv. éd.* 1 v. 5 »

LA PRINCESSE DE BELGIOJOSO
SCÈNES DE LA VIE TURQUE. 1 vol... 5 »

J.-B. BORÉDON
GABRIEL ET FIAMMETTA. 1 vol. 5 »

LOUIS BOUILHET
POÉSIES. Festons et Astragales. 1 vol. 6 »

A. BRIZEUX
ŒUVRES COMPLÈTES. *Éd. définit.* 2 v. 12 »

CLÉMENT CARAGUEL
SOIRÉES DE TAVERNY. 1 vol. 6 »

ÉMILE CARREY
RÉCITS DE KABYLIE. 1 vol. 5 »

CÉLESTE DE CHABRILLAN
LA SAPHO. 1 vol. 6 »

LE COMTE GUY DE CHARNACÉ
LES FEMMES D'AUJOURD'HUI. 2e éd. 2 v. 10 »

LE COMTE DE CHÉVIGNÉ
LES CONTES RÉMOIS illustrés par
E. Meissonier, 6e *édition.* 1 vol... 5 »

AL. COMPAGNON
LES CLASSES LABORIEUSES, leur condition, leur avenir. 1 vol. 5 »

VICTOR COUSIN
PHILOSOPHIE DE KANT. 4e éd. 1 vol. 6 »

E. J. DELÉCLUZE
SOUVENIRS DE SOIXANTE ANNÉES. 1 vol. 6 »

MAXIME DU CAMP
MÉMOIRES D'UN SUICIDÉ. 1 vol. 6 »

CHARLES EMMANUEL
LES DÉVIATIONS DU PENDULE ET LE
MOUVEMENT DE LA TERRE. 1 vol. 1 »

ALEXANDRE GUÉRIN
LES RELIGIEUSES. 1 volume. 1 »

HOFFMANN *Trad. Champfleury*
CONTES POSTHUMES. 1 vol. 6 »

LA REINE HORTENSE
LA REINE HORTENSE EN ITALIE, EN
FRANCE ET EN ANGLETERRE. 1 vol. 6 »

LÉON HOLLÆNDER
18 SIÈCLES DE PRÉJUGÉS CHRÉTIENS. 1 v. 2 »

J. JANIN *de l'Acad. française*
LES CONTES DU CHALET. 2e édit. 1 v. 6 »

LAMARTINE f. c.
GRAZIELLA. 1 vol. 5 »
NOUVELLES CONFIDENCES. 1 vol. 5 »

LASSABATHIE, *Admin. du Conserv.*
HISTOIRE DU CONSERVATOIRE DE MUSI-
QUE ET DE DÉCLAMATION. 1 vol... 5 »

AUGUSTE LUCHET
LA CÔTE-D'OR A VOL D'OISEAU. 1 vol. 2 »
LA SCIENCE DU VIN. 1 volume. 2 50

STEPHEN DE LA MADELAINE
CHANT. Études prat. de style. 1/2 vol. 2 »

MÉRY
LES NUITS ESPAGNOLES. 1 vol. 6 »

PAUL MEURICE
SCÈNES DU FOYER. LA FAMIL. AUBRY 1 v. 6 »

PAUL DE MOLÈNES
COMMENTAIRES D'UN SOLDAT. 1 vol. 6 »

P. MORIN
COM. L'ESP. VIENT AUX TABLES. 1 v. 1 50

LA COMTESSE NATHALIE
LA VILLA GALIETTA. 1 vol. 5 »

A. PEYRAT
UN NOUVEAU DOGME. Histoire de l'Im-
maculée Conception. 1 vol. 5 »

GUSTAVE PLANCHE
ÉTUDES LITTÉRAIRES. 1 vol. 6 »
ÉTUDES SUR LES ARTS. 1 vol. 6 »

A. DE PONTMARTIN
LETTRES D'UN INTERCEPTE. 1 vol. 2 50

MAX RADIGUET
SOUV. DE L'AMÉRIQUE ESPAGNOLE. 1 v. 6 »

LE DOCTEUR RAULAND
LE LIVRE DES ÉPOUX. Guide pour
la guérison de l'impuissance, de
la stérilité et de toutes les maladies
des organes génitaux. 1 fort vol... 4 »

LE DOCTEUR ROUBAUD
POUGUES, ses eaux minérales, ses environs, etc. 1 vol. 6 »

LE ROI LOUIS-PHILIPPE
MON JOURNAL. Évén. de 1815. 2 v. 12 »

AUGUSTE VACQUERIE
PROFILS ET GRIMACES. 1 vol. 5 »

WARNER
SCHAMYL. 1 vol. 2 »

COLLECTION MICHEL LÉVY
ET BIBLIOTHÈQUE DE LA LIBRAIRIE NOUVELLE
1 fr. 25 c. le volume grand in-18 de 300 à 400 pages

GEORGE SAND (Suite)

	vol.
JEANNE	1
LELIA — Métella — Melchior — Cora	2
LUCREZIA FLORIANI — Lavinia	1
LE MEUNIER D'ANGIBAULT	1
NARCISSE	1
PAULINE	1
LE PÉCHÉ DE M. ANTOINE	2
LE PICCININO	2
PROMENADES AUTOUR D'UN VILLAGE	1
LE SECRÉTAIRE INTIME	1
SIMON	1
TEVERINO — Léone Léoni	1

JULES SANDEAU de l'Acad. franç.

CATHERINE	1
LE JOUR SANS LENDEMAIN	1
MADEMOISELLE DE KÉROUARE	1
SACS ET PARCHEMINS	1

EUGÈNE SCRIBE

THÉÂTRE	8
— COMÉDIES-VAUDEVILLES	7
— OPÉRAS	1

FRÉDÉRIC SOULIÉ

AU JOUR LE JOUR	1
LES AVENTURES DE SATURNIN FICHET	2
LE BANANIER — EULALIE PONTOIS	1
LE CHATEAU DES PYRÉNÉES	2
LE COMTE DE FOIX	1
LE COMTE DE TOULOUSE	1
LA COMTESSE DE MONRION	1
CONFESSION GÉNÉRALE	2
LE CONSEILLER D'ÉTAT	1
CONTES ET RÉCITS DE MA GRAND'MÈRE	1
CONTES POUR LES ENFANTS	1
LES DEUX CADAVRES	1
DIANE ET LOUISE	1
LES DRAMES INCONNUS	8
— LA MAISON N° 3 DE LA RUE DE PROVENCE	
— AVENTURES D'UN CADET DE FAMILL.	
— LES AMOURS DE VICTOR BONSÈNNE.	
— OLIVIER DUHAMEL	
UN ÉTÉ A MEUDON	1
LES FORGERONS	1
HUIT JOURS AU CHATEAU	1
LE LION AMOUREUX	1
LA LIONNE	1
LE MAGNÉTISEUR	1
LE MAÎTRE D'ÉCOLE	1
UN MALHEUR COMPLET	1
MARGUERITE	1
LES MÉMOIRES DU DIABLE	3
LE PORT DE CRÉTEIL	1
LES PRÉTENDUS	1
LES QUATRE ÉPOQUES	1
LES QUATRE NAPOLITAINES	2
LES QUATRE SŒURS	1
UN RÊVE D'AMOUR — LA CHAMBRIÈRE	1
SATHANIEL	1
SI JEUNESSE SAVAIT, SI VIEILLESSE POUVAIT	2
LE VICOMTE DE BÉZIERS	1

ÉMILE SOUVESTRE

LES ANGES DU FOYER	1
AU BORD DU LAC	1

ÉMILE SOUVESTRE (Suite)

	vol.
AU BOUT DU MONDE	1
AU COIN DU FEU	1
CAUSERIES HISTORIQUES ET LITTÉRAIRES	3
CHRONIQUES DE LA MER	1
LES CLAIRIÈRES	1
CONFESSIONS D'UN OUVRIER	1
CONTES ET NOUVELLES	1
DANS LA PRAIRIE	1
LES DERNIERS BRETONS	2
LES DERNIERS PAYSANS	1
DEUX MISÈRES	1
LES DRAMES PARISIENS	1
L'ÉCHELLE DE FEMMES	1
EN BRETAGNE	1
EN FAMILLE	1
EN QUARANTAINE	1
LE FOYER BRETON	2
LA GOUTTE D'EAU	1
HISTOIRES D'AUTREFOIS	1
L'HOMME ET L'ARGENT	1
LOIN DU PAYS	1
LA LUNE DE MIEL	1
LA MAISON ROUGE	1
LE MARI DE LA FERMIÈRE	1
LE MAT DE COCAGNE	1
LE MÉMORIAL DE FAMILLE	1
LE MENDIANT DE SAINT-ROCH	1
LE MONDE TEL QU'IL SERA	1
LE PASTEUR D'HOMMES	1
LES PÉCHÉS DE JEUNESSE	1
PENDANT LA MOISSON	1
UN PHILOSOPHE SOUS LES TOITS	1
PIERRE ET JEAN	1
PROMENADES MATINALES	1
RÉCITS ET SOUVENIRS	1
LES RÉPROUVÉS ET LES ÉLUS	2
RICHE ET PAUVRE	1
LE ROI DU MONDE	2
SCÈNES DE LA CHOUANNERIE	1
SCÈNES DE LA VIE INTIME	1
SCÈNES ET RÉCITS DES ALPES	1
LES SOIRÉES DE MEUDON	1
SOUS LA TONNELLE	1
SOUS LES FILETS	1
SOUS LES OMBRAGES	2
SOUVENIRS D'UN BAS-BRETON	2
SOUV. D'UN VIEILLARD. La dernière étape.	1
SUR LA PELOUSE	1
THÉÂTRE DE LA JEUNESSE	1
TROIS FEMMES	1
TROIS MOIS DE VACANCES	1
LA VALISE NOIRE	1

MARIE SOUVESTRE

PAUL FERROLL, traduit de l'anglais	1

DANIEL STAUBEN

SCÈNES DE LA VIE JUIVE EN ALSACE	1

DE STENDHAL (H. BEYLE)

DE L'AMOUR	1
LA CHARTREUSE DE PARME	1
CHRONIQUES ET NOUVELLES	1
PROMENADES DANS ROME	2
LE ROUGE ET LE NOIR	2

BIBLIOTHÈQUE A 50 CENTIMES

Jolis volumes format grand in-32, sur beau papier

COLLECTION FORMAT IN-32

1 FRANC LE VOLUME

Jolis volumes papier vélin

MUSÉE LITTÉRAIRE CONTEMPORAIN
CHOIX DES MEILLEURS OUVRAGES DES AUTEURS MODERNES
10 Centimes la Livraison — Format in-4° à 2 colonnes

ALEXANDRE DUMAS (Suite)   f. c.

ITALIENS ET FLAMANDS.............	1 50
IVANHOE de Walter Scott..........	1 80
JEHANNE LA PUCELLE.............	» 90
LES LOUVES DE MACHECOUL........	2 70
MADAME DE CHAMBLAY............	1 80
LA MAISON DE GLACE.............	1 80
MAITRE ADAM LE CALABRAIS.......	» 50
LE MAITRE D'ARMES.............	» 90
LES MARIAGES DU PÈRE OLIFUS....	» 90
LES MÉDICIS...................	» 90
MES MÉMOIRES, 1re série..........	4 »
— 2e série....................	4 50
MÉM. DE GARIBALDI. (Complet)......	1 50
— 1re série.(Séparément).........	» 90
— 2e série (—).........	» 90
MÉMOIRES D'UNE AVEUGLE..........	1 80
MÉM. D'UN MÉDECIN — BALSAMO....	4 50
LE MENEUR DE LOUPS.............	» 90
LES MILLE ET UN FANTÔMES.......	» 90
LES MOHICANS DE PARIS.........	3 60
LES MORTS VONT VITE.............	1 50
UNE NUIT A FLORENCE.............	» 90
OLYMPE DE CLÈVES.............	2 70
OTHON L'ARCHER...............	» 50
LE PAGE DU DUC DE SAVOIE.......	1 80
PASCAL BRUNO.................	» 50
LE PASTEUR D'ASHBOURN.........	1 80
PAULINE.....................	» 50
LA PÊCHE AUX FILETS...........	» 50
LE PÈRE GIGOGNE..............	1 50
LE PÈRE LA RUINE.............	» 90
LA PRINCESSE FLORA...........	» 90
LES QUARANTE-CINQ.............	2 70
LA REINE MARGOT.............	1 80
LA ROUTE DE VARENNES.........	» 90
LE SALTÉADOR................	» 90
SALVATOR...................	4 50
SOUVENIRS D'ANTONY...........	» 90
SYLVANDIRE.................	» 90
LE TESTAMENT DE M. CHAUVELIN...	» 90
LES TROIS MOUSQUETAIRES........	1 80
LE TROU DE L'ENFER............	» 90
LA TULIPE NOIRE..............	» 90
LE VICOMTE DE BRAGELONNE.......	5 40
LA VIE AU DÉSERT.............	1 50
UNE VIE D'ARTISTE.............	» 90
VINGT ANS APRÈS.............	2 70

ALEXANDRE DUMAS FILS   f. c.

CÉSARINE...................	» 80
LA DAME AUX CAMÉLIAS..........	» 90
UN PAQUET DE LETTRES..........	» 80
LE PRIX DE PIGEONS.............	» 80

XAVIER EYMA

LES FEMMES DU NOUVEAU-MONDE....	» 90

PAUL FÉVAL

LE BOSSU OU LE PETIT PARISIEN....	4 »
LE FILS DU DIABLE.............	4 »
LE TUEUR DE TIGRES.............	» 90

CHARLES HUGO

LA BOHÊME DORÉE.............	1 50

CH. JOBEY

L'AMOUR D'UN NÈGRE...........	» 90

ALPHONSE KARR

FORT EN THÈME.............	» 70
LA PÉNÉLOPE NORMANDE..........	» 90
SOUS LES TILLEULS.............	» 90

A. DE LAMARTINE

LES CONFIDENCES.............	1 50
L'ENFANCE..................	» 50
GENEVIÈVE. Hist. d'une Servante...	» 90
GRAZIELLA..................	» 90
HÉLOÏSE ET ABÉLARD..........	» 90
LA JEUNESSE...............	» 60
RÉGINA...................	» 50

FÉLIX MAYNARD

L'INSURRECTION DE L'INDE. De Delhi à Cawnpore...................	» 90

MÉRY

UN ACTE DE DÉSESPOIR...........	» 50
LE BONHEUR D'UN MILLIONNAIRE....	» 80
LE CHATEAU DES TROIS TOURS.....	» 70
LE CHATEAU D'UDOLPHE........	» 50
UNE CONSPIRATION AU LOUVRE......	» 90
LE DIAMANT A MILLE FACETTES....	» 60
HISTOIRE DE CE QUI N'EST PAS ARRIVÉ...................	» 50
LES NUITS ANGLAISES.........	» 90
LES NUITS ITALIENNES..........	» 90
SIMPLE HISTOIRE.............	» 70

EUGÈNE DE MIRECOURT

	f. c.
LES CONFESSIONS DE MARION DELORME.	3 70
LES CONFESSIONS DE NINON DE LENCLOS.	3 70

HENRY MURGER

LES AMOURS D'OLIVIER.	» 30
LE BONHOMME JADIS.	» 30
MADAME OLYMPE.	» 50
LA MAITRESSE AUX MAINS ROUGES.	» 30
LE MANCHON DE FRANCINE.	» 30
SCÈNES DE LA VIE DE BOHÈME.	» 90
LE SOUPER DES FUNÉRAILLES.	» 50

GEORGE SAND

ADRIANI.	» 90
LA DANIELLA.	1 80
LE DIABLE AUX CHAMPS.	» 90
ELLE ET LUI.	» 90
LA FILLEULE.	» 90
L'HOMME DE NEIGE.	2 70
JEAN DE LA ROCHE.	1 80
LES MAITRES SONNEURS.	1 50
LE MARQUIS DE VILLEMER.	1 50
MONT-REVÊCHE.	1 50
NARCISSE.	» 90

JULES SANDEAU

SACS ET PARCHEMINS.	» 90

SCRIBE

PROVERBES.	» 70

FRÉDÉRIC SOULIÉ

AU JOUR LE JOUR.	» 70
AVENT. DE SATURNIN FICHET.	1 30
LE BANANIER.	» 50
LA COMTESSE DE MONRION.	» 70
CONFESSION GÉNÉRALE.	1 80
LES DEUX CADAVRES.	» 70
LES DRAMES INCONNUS.	2 50
— LA MAISON N° 3, RUE DE PROVENCE.	» 70
— LES AVENTURES D'UN CADET DE FAMILLE.	» 70
— LES AMOURS DE VICTOR BONSENNE.	» 70
— OLIVIER DUHAMEL.	» 70

FRÉDÉRIC SOULIÉ (Suite)

	f. c.
EULALIE PONTOIS.	» 30
LES FORGERONS.	1 70
HUIT JOURS AU CHATEAU.	» 70
LE LION AMOUREUX.	1 50
LA LIONNE.	» 70
LE MAITRE D'ÉCOLE.	1 80
MARGUERITE.	» 50
LES MÉMOIRES DU DIABLE.	2 »
LE PORT DE CRÉTEIL.	» 70
LES QUATRE NAPOLITAINES.	1 50
LES QUATRE SŒURS.	1 50
SI JEUNESSE SAVAIT, SI VIEILLESSE POUVAIT.	1 50

EMILE SOUVESTRE

DEUX MISÈRES.	» 90
L'HOMME ET L'ARGENT.	» 70
JEAN PLEBEAU.	» 50
LE MENDIANT DE SAINT-ROCH.	» 70
PIERRE LANDAIS.	» 50
LES RÉPROUVÉS ET LES ÉLUS.	1 50
SOUVENIRS D'UN BAS-BRETON.	1 50

EUGÈNE SUE

LA BONNE AVENTURE.	1 50
LE DIABLE MÉDECIN.	2 70
— LA BELLE-FILLE.	1 50
— LA FEMME DE LETTRES.	1 90
— LA FEMME SÉPARÉE DE CORPS ET DE BIENS.	1 90
— LA GRANDE DAME.	1 50
— LA LORETTE.	» 30
LES FILS DE FAMILLE.	2 70
GILBERT ET GILBERTE.	2 70
LES MÉMOIRES D'UN MARI.	2 70
— UN MARIAGE DE CONVENANCES.	1 80
— UN MARIAGE D'ARGENT.	» 90
— UN MARIAGE D'INCLINATION.	» 50
LES SECRETS DE L'OREILLER.	2 20
LES SEPT PÉCHÉS CAPITAUX.	5 »
— L'AVARICE.	1 50
— LA COLÈRE.	» 70
— L'ENVIE.	1 90
— LA GOURMANDISE.	» 50
— LA LUXURE.	» 70
— L'ORGUEIL.	1 80
— LA PARESSE.	» 50

VALOIS DE FORVILLE

LE CONSCRIT DE L'AN VIII.	» 90

BROCHURES DIVERSES

LES FIGURES DU TEMPS

NOTICES BIOGRAPHIQUES

Par LEMERCIER DE NEUVILLE, Brochures grand in-18, avec des Photographies

DE PIERRE PETIT

ROBERT HOUDIN. 1 fr. | Mme PETIPA............. 1 fr.

Clichy. — Imp. PAUL DUPONT et Cie, rue du Bac-d'Asnières, 12.